'······달콤하구나.'
코요 천황은 분신을 입 밖으로 내보내고
가만히 치사토의 얼굴을 응시하며
젖은 입술을 혀로 핥았다.

일러스트레이션 : Asahiko

이異
련戀

하현(下弦)의 변화

이연(異戀) ~하현(下弦)의 변화~

초판 1쇄 찍은 날 | 2015년 7월 1일
초판 1쇄 펴낸 날 | 2015년 7월 10일

지은이 | chi-co
그린이 | 아사히코
옮긴이 | 인단비
펴낸이 | 예경원

편집책임 | 박우진
편집 | 오아현

펴낸곳 | 예원북스
등록번호 | 제396-2012-000132호
등록일자 | 2012. 7. 25
YRN | 제6-0027호

주소 | 경기도 고양시 일산동구 무궁화로 8-28 삼성메르헨하우스 712호 (우) 410-837
전화 | 031-819-9431 팩스 | 031-817-9432
http://blog.naver.com/ainandfin
E-mail | ainandfin@naver.com

ISBN 979-11-5845-955-0 03830
ISBN 979-11-5630-889-8 (set)

※ 파본은 구입하신 서점에서 교환하여 드립니다.
※ 저자와 협의하여 인지를 붙이지 않습니다.
※ 이 책은 예원북스와 Cosmic Publishing / NTT Solmare 와의 계약에 의해 출판된 것이므로 무단 전재 및 유포, 공유를 금합니다.
※ 이 도서의 국립중앙도서관 출판시도서목록(CIP)은 서지정보유통지원시스템 홈페이지 (http://seoji.nl.go.kr)와 국가자료공동목록시스템(http://www.nl.go.kr/kolisnet)에서 이용하실 수 있습니다.

차 례

코요 천황 「아키마사」

코미야 치사토

여름방학에 할머니 집에 놀러간 코미야 치사토는 커다란 창고에서 화려한 골동품이 가득 담긴 궤를 발견한다. 그 빼어난 아름다움에 매료된 치사토는 달콤하게 피어오르는 향기를 맡고 궤 속으로 떨어지고 만다.

정신을 차려보니 치사토의 눈앞에 펼쳐진 것은 난생처음 보는 광경으로, 역사 시간에 배운 헤이안 시대와 매우 닮은 세계였다. 놀란 치사토 앞에 나타난 천황은 상상조차 못할 만큼 난폭하고 심술궂은 남자인데—?!

—지금까지의 줄거리—

하현(下弦)의 변화

~하현(下弦)의 변화~

암흑으로 돌아가기 직전에
변화하는 마음——

하현(下弦)의 변화

바라고 바라서 간신히 돌아온 내가 사는 세상.

그 이상한 세계에서 겪은 것은 먼 꿈 같은 이야기로서, 조만간 기억 속에서도 사라져 버리리라고 생각했다.

하지만 잊고 싶어도 잊을 수 없다.

격렬하게 사랑받은 기억은 이 몸의 구석구석에 남아 있다.

무엇보다도 눈앞에 아키마사가―나의 몸도 마음도 지배하고 격렬한 마음을 부딪쳐 온 그 남자가 있었다.

*　　　*　　　*

눈에 익은 창고 안에 이질적인 존재가 있다.

겨우 원래 세계로 돌아오는 데 성공했다는 안심감은 한순간에 사라지고, 코미야 치사토(古都千里)는 사나이답고 수려한 그 얼굴을 잠시 동안 바라보는 수밖에 없었다.

연못에 스스로 뛰어들었던 그때 코요가 곧바로 치사토를 구하려고 뒤쫓아 들어와 팔을 잡은 것은 어렴풋이 기억난다. 하지만 분명히 그 세계에 살고 있었던 코요가 자신과 함께 현대에 오리라고는 꿈에도 생각지 못했다.

"치사토, 여기는 네가 태어난 천계가 맞느냐?"

"아, 아니…… 야."

원래 치사토는 천인 같은 게 아닌 평범한 인간이다. 영문도 모른 채로 어쩌다가 코요가 살던 세계로 날아갔지만, 그래도 자신이 이상한 힘을 사용할 줄 아는 것도 아니라는 사실을 잘 알고 있고, 자신의 근원인 부모님과 할머니도 틀림없이—

"앗!"

"무슨 일이냐?"

코요가 갑자기 큰 소리를 내고 만 치사토를 지키려고 움직이는 것을 알아차렸지만, 치사토는 거기에 반응을 보일 수 없었다.

오히려 갑자기 복 받쳐 오는 불안에 무심코 자신의 몸을 껴안았다.

원래 세계로 돌아온 것은 기쁘다. 물론 눈앞에 있는 코요라는 존재를 어떻게 하면 좋을지 생각해야 하지만, 그래도 다시 돌아올 수 없을지도 모른다는 큰 불안에서 벗어날 수 있었다. 그러나 지금이 언제인지도 큰 문제다.

저쪽 세계로 갔던 그날까지 치사토는 시골집에 머무르고 있었다. 첫 여름방학에 친한 친구도 없이 할머니와 둘이서 조용한 시간을 보내고 있었다.

그런 때, 그 세계로 가버린 것이다.

적어도 한 달 가까이는 저쪽에서 보냈을 텐데, 그동안 할머니와 부모님이 아무것도 하지 않고 치사토가 돌아오기만을 손 놓고 마냥 기다리고 있었으리라고 생각할 수는 없다. 경찰은 물론 학교에도 이야기가 갔으리라.

그냥저냥한 친구들에게까지 실종 사실이 알려졌다면, 절호의 왕따 소재를 또 다시 제공하게 되어버린다는 데까지 생각이 미치자, 치사토는 급격한 공포감에 사로잡혔다.

'어, 어쩌지……?'

안 그래도 간신히 견디면서 학교에 다니고 있는데, 더 이상 괴롭힘을 당하면 앞으로 학교고 뭐고 다 싫어질 것이다. 그것만은 지는 것 같아서 하고 싶지 않은데…….

치사토는 입술을 깨문 채 고개를 숙였지만, 계속 이 창고에서 끙끙 고민해 봤자 소용없다는 것도 알고 있었다. 어떤 결과가 기다리고 있든, 여기를 나가지 않으면 이야기가 진척되지 않는다.

"……."

치사토는 다시 코요에게 시선을 보냈다.

자신의 실종뿐만이 아니라 도통 이해할 수 없는 차림새를 한 이 사람에 대해서도 설명해야 한다고 생각하면 머리가 아프다. 차림새는 물론, 사고방식도 현대를 살던 사람들과는 전혀 다르니 말이다.

천황—그 지위가 나타내는 특권과 경외가 여기에서 통할지 어떨지 모른다. 치사토에게는 든든한 아군인 할머니도, 본 적도 없는 사람이 있는 것을 보고 틀림없이 놀랄 것이다.

'하지만…….'

이대로 아무것도 생각지 않고 우와악! 하고 소리 지르고 싶다. 하지만 그런 식으로 도망칠 수도 없는 노릇이다. 치사토는 혼란스러운 마음을 어떻게든 가라앉히기 위해 크게 숨을 내쉬고 나서 간신히 코요에게 말했다.

"……나, 바깥에 다녀올게."

언제까지나 창고 안에 틀어박힐 수도 없다며 무거운 몸

으로 겨우 일어나자, 무슨 영문인지 코요도 따라서 일어났다.

"……왜?"

"나도 가겠다."

치사토는 전혀 생각도 못한 코요의 반응에 순간 어안이 벙벙하여 얼굴을 뚫어지게 바라보았다.

"아, 아키마사?"

"너에게 여기가 고향이라고 해도 나에게 낯선 장소일 뿐이다. 그런 곳에 너만 혼자 가게 할 수는 없느니라."

"어, 아니, 저기, 잠깐만 여기에서 기다리라니까!"

먼저 어떤 상황인지를 확인하고 싶은 것뿐인데, 코요는 치사토 혼자만 밖에 내보내지 않겠다며 완강하게 거부했다.

곧 돌아온다고 해도 코요는 경계를 푸는 낌새는 추호도 보이지 않고 치사토 옆에 바싹 붙어섰다. 치사토는 자기 머리 위에 있는 남자의 진지한 표정을 쳐다보고 더 거세게 주장하려던 입을 다물었다. 낯선 세계에 온 코요의 기분을 이해하지 못하는 것도 아니고, 그것이 치사토를 걱정히기 내무이라는 짓도 느껴진다. 그렇다고 둘이서 언제까지나 계속 창고에 틀어박혀 있을 수는 없었다.

그렇게 생각하면, 방금 전까지 품고 있던 주저하는 마음은 빨리 버리는 게 최선이라고 생각된다.

"어쨌든, 안에서 기다리고 있어. 갑자기 아키마사의 모습을 봤다가는 할머니가 기겁하실 거라고."

"기다려라."

"괜찮다니까!"

"치사토!"

"절대로 나오면 안 돼!"

치사토는 외치면서 좁고 가파른 계단을 내려가 어두컴컴한 창고 안의 문을 열고 황급히 팔을 뒤로 돌려 닫았다.

급히 밖으로 뛰쳐나오자 밖은 슬슬 날이 저물려는 때였다. 집 안에도 불이 환히 밝혀져 있어서 할머니가 집에 계시다는 것을 알 수 있었다.

'할머니…… 놀라시겠지.'

한 달 남짓이나 모습을 감추었던 치사토를 얼마나 걱정하셨을까.

부모님도 싫지는 않지만 어릴 때부터 항상 자신을 든든하게 감싸주던 할머니가 무엇보다 소중하고 중요해서, 치사토는 어서 얼굴을 보여 안심시켜 드려야 한다는 마음에 발길이 급해졌다.

창고에서 본채까지 걸어서 몇 분이다. 시골 특유의 넓은 부지 주변에는 논이 펼쳐져 있지만, 그래도 최근 몇 년 동안 주택이 상당히 많이 들어섰다.

할아버지가 돌아가시고 나서 5년, 혼자서 살고 계신 할머니의 생활이 걱정되는 아버지는 몇 번이나 같이 살자고 제의를 했던 모양이지만, 할머니는 정든 시골집을 떠날 생각은 없는 것 같고, 치사토도 유일한 안식처인 이 집을 잃고 싶지 않았다.

'할머니……'

보통 이 시간이라면 저녁식사 준비를 하고 있을 무렵이다. 치사토는 현관이 아닌 툇마루로 통하는 새시에 손을 대고 단단히 각오하듯이 숨을 내쉬었다.

"할머니……."

"치사토?"

"!"

갑자기 누가 뒤에서 말을 걸어서 치사토는 흠칫 놀랐다. 귀에 익은 부드러운 목소리의 주인공이 누구인지 생각지 않아도 알고 있었지만, 마음고생으로 야윈 할머니의 모습을 상상하면 무서워서 바로 돌아볼 수 없다.

"죄, 죄송……."

불가항력이라고는 하지만 오랫동안 사라져서 걱정을 끼친 것을 빨리 사과해야 한다.

치사토는 목구멍에 달라붙은 목소리를 어떻게든 밀어내

려고 눈을 꼭 감았다.

그러나,

"점심도 안 먹고 계속 창고 안에 있느라 배고프지? 자, 어서 손 씻고 거실로 오렴. 준비는 다 되어 있단다."

온화한 어조는 조금도 동요도 느껴지지 않는다. 왜? 라는 의문을 품고 돌아본 치사토의 눈에는 평상시와 변함없이 미소 짓는 할머니가 비쳤다.

"할머…… 니?"

"응? 왜 그렇게 놀라고 있니?"

"어, 아, 하지만, 저!"

'왜지?'

상냥한 할머니라면 한 달이나 사라졌던 치사토를 걱정하지 않을 리가 만무하다. 부모님과 함께 치사토를 찾다가 못 찾아서 울고, 어쩌면 마음고생으로 쓰러졌을 가능성도 충분히 있다고 생각했다.

그런데 지금 눈앞에 있는 할머니에게는 전혀 그런 기색이 없다. 치사토는 자신의 감각이 이상해진 건가 혼란에 빠졌다.

'분명히 저쪽 세계에 한 달 가까이 있었는데……. 하지만 할머니는 전혀 그런 기색이…….'

치사토에게 부담을 주지 않기 위해 무리를 하고 있는 것처럼 보이지도 않는다.

"하, 할머니, 제가 안 보인지 얼마나 되었나요?"

"응? 오늘은 아침부터 계속 창고 안에 있었지? 점심 때 말을 걸었더니 대답이 없기에 또 책 읽느라 정신이 없는 줄 알았단다."

"……말도 안 돼……."

'시간이…… 안 갔단 말이야?'

치사토 자신은 분명히 한 달 정도 이상한 세계에서 보냈다는 실감이 있지만, 아무래도 할머니의, 아니, 현대의 시간은 거의 반나절밖에 흐르지 않은 것 같다. 설마 그런 이상한 일이 있을까? 치사토는 혼란에 빠졌지만 애초에 다른 세계로 끌려갔다는 것 자체가 현실에서는 있을 수 없는 일이라는 것을 새삼 느꼈다.

치사토는 할머니에게서 눈을 떼고 등 뒤에 있는 창고로 눈을 돌렸다. 저 육중한 문 너머에 분명히 코요가 있을 텐데……. 어쩌면 다시 문을 열었을 때 그 모습은 사라져 있을지도 모른다.

왠지 갑자기 그런 생각이 들었다.

'지금까지의 일이 죄다 꿈…… 이라든지?'

그렇다면 지금까지 치사토가 체험한 것은 모든 꿈속의 사건이었다는 것이다.

폭풍처럼 자신의 몸에 닥친 그 모든 일, 그 이상한 세계에 갔다 온 것도, 남자인 코요에게 여자처럼 안긴 것도 실제로 일어난 일이 아니라고 생각하고 싶은 마음이 들었다.

모두 꿈이었다는 한마디로 끝내고 싶다.

그런 생각을 하면 문을 여는 것이 몹시도 무서워졌다. 실제로 그 자리에 코요가 있다면, 억지로 납득하려던 생각이 근본적으로 무너지고 만다.

없었던 일로 칠 수 없게 된다.

"치사토?"

"으, 으응, 아무것도 아니에요."

'저 안에는 아무도…… 없어.'

결국 나는 창고에서 잠들어 버렸고, 그 직전에 읽고 있던 책 때문에 헤이안 시대와 비슷한 세계의 꿈을 꾸었을 뿐이다. 현실에서 자신의 부재 시간은 반나절 정도라 앞으로의 생활에 아무런 지장이 없다.

"할머니, 저 배고파요. 빨리 들어가요!"

그래, 그 평범한 일상으로 돌아가는 것이다.

치사토는 억지로 창고에서 시선을 떼고, 방금 밭에서 따온 것으로 보이는 야채가 담긴 바구니를 할머니의 손에서 받아들었다. 그리고 작은 등을 밀며 집 안에 들어갔다……
아니, 들어가려고 한 순간,

끼기긱.

뒤에서 무거운 창고 문이 열리는 소리가 났다.

"치사토!"

"……!"

이미 귀에 익은 깊이 있는 목소리. 그러나 지금 뒤돌아보면 방금 자신이 잊으려고 한 그 시간을 현실로서 받아들여야 한다.

"누구니?"

"할머니!"

그러나 할머니는 당연히 치사토의 그런 생각을 알 리가 없다.

되돌아보려 한 할머니를 황급히 말리려 했지만 치사토가 뻗은 손은 다른 방향에서 뻗어온 큰 손에 붙잡혀 반사적으로 고개를 들고 말았다.

"아, 아키마사……."

거기에는 코요가 있었다.

치사토의 복잡한 표정을 눈치챘는지 어땠는지, 코요는 시선이 마주치자 안도의 한숨을 내쉬었다.

"부사하냐."

"어……."

코요의 마음이 그 말에 배어 있었다. 치사토를 걱정하던 코요를 생각하면 어쩐지 한순간이라도 그 존재를 없던 일로 하려던 자신이 지독한 인간처럼 보였다.

치사토 자신이 지긋지긋할 정도로 무거운 애정을 쏟아준 코요. 그런데도 같은 마음을 돌려 줄 수 없는 치사토는 좋은 표정을 지을 수는 없다. 옆에 있는 할머니가 신경 쓰여서 밀착하려 드는 남자로부터 거리를 두려고 했지만, 대놓고 말하지 않은 탓인지 코요의 손은 전혀 떨어질 기색을 보이지 않았다.

"⋯⋯어머나, 어디서 오신 나리신가?"

할머니는 코요의 복장을 보고 눈을 휘둥그레 뜨고 있다.

하긴 그렇겠지. 익숙한 시골 집 마당에 나타난 기모노를 차려입은 코요의 모습은 꽤나 동떨어져 있다.

그날 밤은 혼례 날이었기 때문에 한층 화려한 기모노 차림이기도 하다.

기온마츠리 같은 전통 축제 때문에 가장하고 있다고 순간적으로 거짓말이라도 했다면 좋았겠지만, 이런 시골에서 왜 그런 복장을 하고 있는지 치사토는 할머니에게 설명할 길이 없었다.

초조해하는 치사토 옆에서 코요가 가만히 할머니를 응시하고 있다. 그 안에 숨길 수 없는 경계심이 깃들어 있다는 것을 알아차린 치사토는 그 큰 착각에 머리에 피가 확 올랐다.

"우리 할머니를 그런 눈으로 보지 말라고!"

누구보다 치사토의 편이 되어주는 사랑하는 할머니다. 평소에도 온화하고 상냥한 할머니를, 코요가 거창한 기모노를 차려입고 위압적으로 노려보는 것을 용서할 수 없었다.

치사토는 자기를 잡고 있는 손을 뿌리치려고 했지만 단단히 붙든 손은 떨어질 기색이 없다. 오히려 경계심이 강해졌는지 손에 힘을 주었기 때문에 치사토는 주체할 수 없는 짜증을 드러내듯이 말했다.

"왜 마음대로 나오고 그래……!"

"너의 몸이 염려되었기 때문이니라."

그 외에 무엇이 있겠느냐 하고, 코요는 단호히 단언했다. 그러나 할머니가 보기에는 수상한 차림새의 남자와 손자가 어울려 노는 것으로밖에 보이지 않을 것이다. 치사토는 얼버무릴 말도 떠오르지 않아서 다시 코요에게 불평을 하려고 다가섰다.

"그러니까!"

"치사토."

타이르는 것 같은 할머니의 목소리에 치사토는 말이 더 나오지 않았다.

아무리 봐도 이질적인 존재인 코요. 아무리 웬만한 일에 동요하지 않는 할머니라도 이런 차림새를 한 남자가 자기 집 창고에서 나온 것에 의심을 품지 않을 리가 없다. 치사토가 소란을 피우면 그야말로 이대로 경찰을 부를 가능성도 있다.

'그것만은 곤란하다고…….'

단지, 역시 왜 나온 거냐고 따지고 싶은 기분은 가시지 않았다.

치사토는 코요가 사는 세상에서 자신의 의사에 반하여 수많은 사람들에게 그 존재가 알려졌다. 그 탓에 이곳으로 돌아오는데 꽤나 고생을 한 것이다. 그렇기 때문에 사실은 코요의 모습을 누구에게도 보여주고 싶지 않았는데, 왜 멋대로 행동하는 것일까.

"이분은?"

"어, 그게……."

하지만 지금은 코요에게 화를 낼 때가 아니다. 할머니에게 뭐라고 설명하면 좋을지, 치사토는 팔을 잡은 코요의 손을 떨치는 것도 잊어버리고 머릿속에서 열심히 궁리를 했다.

'학교 친구…… 라고 하기에는 나이가 너무 차이나고, 이 근처에 사는 사람이라고 하기에는 할머니가 더 잘 아실 테고~!'

사람은 위기 상황에 몰리면 아예 배를 쨀 수도 있는 법인데 치사토는 소심한 탓인지 그러지도 못한다.

치사토는 무의식적으로 코요의 얼굴을 쳐다보았다. 자기 스스로 어떻게든 해야 하는데, 지금 와서 코요를 의지하려는 것이 한심해서 견딜 수 없다. 그래도 치사토의 시선을 눈치챈 코요가 안심시키듯 잡은 손에 힘을 담는 것을 느끼자 공연히 안도하는 마음이 생긴다.

거의 코요 품에 안긴 자세인 치사토를 할머니가 물끄러미 바라왔다.

할머니는 그 나이대 사람치고는 치사토만큼 키가 크고 등이 꼿꼿한, 자세가 바른 사람이다. 주눅 들지 않고 코요와 마주하고 있는 그 모습에서는 경계하는 모습도 보이지 않았다.

"치사토의 조모님이시오?"

말문이 막힌 치사토 대신 코요가 말을 꺼냈다. 신기하게도 할머니는 놀라거나 꺼리는 기색을 보이지 않고 고개를 끄덕였다.

"그래요, 코미야 카나에(古都佳苗)라고 합니다. 당신은?"

"나는 코요. 코요의 세상을 다스리는 천황이오."

"자…… 잠깐."

이 자리의 분위기도 생각하지 않고, 코요는 자신의 신분을 술술 말했다. 물론 그것은 잘못이 아니지만, 그렇다고 천황이라는 말을 왜 해버리는 것인가.

치사토는 무슨 소릴 하는 거냐고 순간적으로 막으려 했지만 놀랍게도 코요는 그대로 고개를 숙였다. 무릎을 꿇는 사람들밖에 주위에 없는 존재인 그가 이렇게 머리를 낮추는 행동을 취한 것에 놀라서 말이 막혔다.

"갑작스러운 방문을 용서해 주시게."

"아키마사……."

평범하게 듣자면 이 인간은 대체 무슨 터무니없는 말을 하는 거냐는 생각이 들 것이다. 그가 마음대로 자기소개를 하는 바람에 안 그래도 그 존재를 어떻게 설명할까 고민하고 있던 치사토는 머리가 아팠지만, 할머니의 반응은 치사토가 예상치 못한 것이었다.

"어머나, 잘 오셨어요."

"하, 할머니!"

"얘, 치사토, 손님을 집 안으로 모시고 가렴. 옳지, 지금부터 저녁식사를 하려던 참인데 같이 드시지 않을래요?"

어쩌면 큰 비명을 지르실지도 모른다.

집 안에 뛰어 들어가 경찰에 전화를 걸 우려도 없다고 할 수는 없었다.

그러나 할머니는 코요의 말을 자기소개로서 받아들인 데

다 심지어 싱글벙글 웃으며 식사를 권한다.

예상을 완전히 빗겨난 할머니의 반응에 치사토는 그저 쩔쩔맬 수밖에 없었고, 반대로 코요는 천천히 고개를 끄덕이고는 곁에 있던 치사토의 허리에 팔을 두르고 걷기 시작했다.

"우왁!"

"조모님의 말씀이시다. 고맙게 실례하도록 하지."

그렇게 말한 코요의 얼굴에서 방금까지 배어 있던 경계의 색이 사라져 있었다. 할머니에 대한 마음이 그 짧은 대화 속에서 어떻게 변화했는지 모르겠지만, 어느 쪽이든 나쁜 감정이 들지는 않았던 것 같다.

할머니의 장점을 알고 있는 치사토에게는 당연한 일이지만 코요가 처음 만나는 상대에게 그렇게 느낄 줄은 몰랐다.

'하, 하지만, 집에 들이기까지 하다니……!'

시골이기는 해도 집 안에는 전기 제품도 나름대로 갖추어져 있고, 화장실이나 욕실 등 코요가 본 적도 없는 것이 산사태처럼 눈앞에 밀어닥칠 것이다. 그것들을 일일이 설명해 봤자 코요가 이해할 수 있을지 전혀 미지수다.

저항할 새도 없이 끌려가듯 걷는 치사토의 귓가에 코요가 속삭였다.

"치사토, 천계에 대해 설명을 부탁한다."

"어?"

천계라는 단어의 의미를 이해하지 못하고 무심코 반문하자 코요는 할머니의 등에 시선을 보내면서 말을 이었다.

"너의 나라에 대해 알고 싶지만 나는 천황이다. 오랫동안 나라를 비울 수는 없다. 어서 하계로 돌아갈 수 있도록 하기 위해서도 우선 천계에 대해 알아야 하지 않겠느냐."

"하계라니……."

'여기는 천계가 아니라니까 그러네…….'

치사토는 한숨과 함께 나올 뻔한 말을 간신히 삼켰다. 치사토가 사는 현대와 코요가 살던 세계는 근본적으로 다르다. 우리는 서로 다른 세계에 흘러 들어온 것이라고 설명해 봤자 이해할 거라고 생각되지는 않는다. 애초에 코요는 그런 불확실한 사건은 믿지 않는 현실적인 사람이다.

하긴, 치사토를 천인이라고 하면서 천계에서 내려왔다고 생각하는 것이야말로 비현실적이지만.

하지만 치사토는 낯선 세계에 왔는데도 겉으로는 침착한 코요를 보고 내심 놀랐다. 영화나 소설 등을 통해 다른 세계로 트립하는 이야기를 알고 있었던 치사토조차 코요가 있는 세상으로 날아갔을 때는 그토록 당황하고 애를 태웠다. 실제로 경험하리라고는 생각도 못했던, 조금만 생각하면 그런 이상한 현상을 자신이 경험한 것인지도 모른다고 가능성의 하나로서 생각할 수도 있었을 텐데, 어쨌든 자신이 어떻게 될지 몰라서 초조해하는 마음이 더 컸다.

그래서 사실은 전혀 지식이 없는 코요가 현실을 받아들일 수 있을지 걱정했더랬다.

그런데 생각했던 것보다 이성적인 코요를 보고, 혹시 사람 위에 서는 존재라는 것은 마음가짐부터가 다른 것일까 하고 감탄까지 했다.

'⋯⋯앗, 그런 생각을 할 때가 아니잖아!'

집 안에 들였다고 해도 할머니는 틀림없이 코요의 정체에 대해 물어볼 것이다. 그 자리만 얼버무려 달라고 해도 고집 센 이 남자는 '왜 거짓말을 해야 하느냐'라며 진실을 술술 다 말할 것이다.

그것을 할머니가 흘려들을지 아니면 수상한 사람으로 여기고 쫓아낼지.

받아들여 주리라는 생각은 도저히 안 들어서, 치사토는 어떻게 이 자리를 타개할 수 있을까 하고 머리가 아파졌다.

"아, 아키마사, 발바닥 털고 들어가."

"발바닥?"

오래된 할머니의 집은 현관문을 열면 넓은 토방이 있다. 보통은 거기에서 신발을 벗고 들어가지만 지금은 두 사람 모두 맨발이기 때문에 치사토는 작은 소리로 주의를 주었다.

그러나 코요는 치사토의 말이 귀에 들어왔는지 안 들어왔는지, 할머니가 연 미닫이 문 속으로 발을 디딘 순간, 신기한 듯이 현관 주위에서 안쪽으로 이어지는 복도까지를 둘러보고 있었다. 넓은 저택에 살았던 코요에게 이 집은 거주지 중 하나에 불과한 광려전보다 좁게 느껴질지도 모른다.

"아키마사."

"알았다."

다시금 재촉하자 코요는 가볍게 발바닥을 털고 집에 들어가 마룻귀틀로 향했다. 원래대로라면 이런 것도 궁녀들이 할 일이라고 생각하면 코요가 고분고분하게 움직이는 것도 신기했다.

현관을 들어가자마자 눈앞에는 긴 복도가 펼쳐져 있다. 할머니는 시골이라 넓기만 할 뿐이라고 말하지만, 어렸을 적에는 양말을 신은 채 스케이트를 타듯이 지치며 놀았던 것이 기억난다.

치사토는 잘 닦여서 황갈색의 광택을 발하는 복도를 볼 때마다 항상 마음이 차분해졌다.

"……나무로 되어 있군."

코요는 바로 옆에 있는 굵은 기둥에 손을 대고 찬찬히 둘러보고 있다.

오래된 목조 주택이라 그런지, 코요도 다소 위화감 없이 받아들이는 것 같았고 그 눈빛 속에 강한 관심은 있어도 공포와 혐오감은 없는 것 같았다.

자기가 좋아하는 할머니의 집에 코요가 호감을 가지고 있다는 것을 느끼고, 치사토는 왜인지 내심 안심했다.

"치사토, 지금 바로 저녁 먹을래?"

현관문 앞에서 멈춰 선 할머니가 이렇게 질문했다. 너무나도 평소와 변함없는 태도에 오히려 치사토가 당황해서 말문이 막혔다.

치사토의 부재는 거의 반나절이었기 때문에 문제가 없을지도 모르지만, 아무리 생각해도 코요라는 존재는 수상할 텐데. 아키마사는 모르게 치사토를 힐문하는 것이 훨씬 일반적인 태도로 생각되는데도 할머니는 전혀 개의치 않는 것처럼 부드럽게 웃고 있다.

'어쩌지…….'

"네? 그러니까……."

여기로 돌아오기 직전에는 피로연에서 가볍게 배를 채웠다. 배고프냐고 묻는다면 사실 아니라고 대답할 수 있지만, 한 달 만에 할머니가 손수 하신 요리를 먹고 싶다는 욕구는 상당히 컸다.

그러나 코요의 입에 현대의 식사가 맞을까. 아니, 이대로 아무렇지도 않게 집에 들이고 식사를 대접해도 괜찮을까.

치사토 자신의 예가 있으니, 다른 세계의 음식을 먹었다고 하여 원래 세계로 돌아가지 못하는 사태는 벌어지지 않을 것이다. 할머니의 요리는 일식이 중심이니 위화감이야 없겠지만 평소에는 독의 유무까지 확인한 다음에 차가운 음식을 태연하게 먹는 과보호 도련님이니 서민의 맛은 필요 없다고 할지도 모른다.

그래도 그때는 그때니까, 치사토는 할머니에게 고개를 끄덕이고 코요의 손을 당기면서 안쪽으로 들어갔다.

'하지만…… 역시 튀어.'

눈부시도록 화려한 코요의 정장은 낡은 시골집에서 상당히 이질적이다. 갈색 계통 인테리어와 원색의 의상. 서로가 서로의 개성을 돋보이게 하고 있다. 하긴 지금은 티셔츠 반바지 차림인 치사토도 그쪽에서는 쥬니히토에를 입었었다. 돌아오기 직전에 갈아입어서 정말 다행이었다.

"……여기가 치사토가 태어나서 자란 곳이냐?"

"여기는 할머니네. 우리 집은 훨씬 도시야."

'아— 하지만 돌아온 것이 저쪽 집이 아니라 다행이야.'

만약 도심에 코요가 나타나면 그야말로 난리가 났을 것이다. 복장은 물론 그 언동 탓에 기이한 존재로 판단되면, 최악의 경우 누군가 위해를 가하는 일이 생길지도 모른다.

그렇다면 그야말로 공황상태에 빠져 도망쳤을 수도 있다.

여기가 시골이고, 근처의 다른 집과는 거리가 있고, 할머니가 의외로 대범하기에 지금 치사토는 다소 진정할 수 있다.

"도시?"

치사토의 말을 듣고 코요가 반문했지만, 애초에 시골과 도시라는 개념이 없으면 설명하기도 어렵다.

"아…… 여기보다 훨씬 사람도 건물도 많은 곳. 일단 거기 앉아."

치사토는 간단하게 설명하고 코요를 거실로 안내했다.

다다미 위에 여름용 돗자리가 깔려 있는 넓은 거실 한가운데에서 큰 좌식 테이블이 존재감을 과시하고 있었다. 지금은 혼자 사는 할머니에게는 지나치게 크지만, 언제나 사람이 모일 수 있도록 바꾸지 않은 것이다.

툇마루에는 발이 드리워지고 익숙한 풍경이 기분 좋은 소리를 연주한다. 그야말로 평소와 같은 시골집인데, 옆에 있는 코요 한 사람의 존재만으로 이 자리가 기묘한 분위기로 변화했다.

"치사토, 도와줄래?"

부모님이 오지 않는 이상 이 집은 치사토와 할머니 둘밖에 없기 때문에, 집에서는 별로 안 하지만 적극적으로 집안

일도 돕게 되었다. 어머니는 그런 치사토를 보고 깜짝 놀라서 집에서도 해달라고 했지만, 혼자 사는 할머니를 위해서일 뿐이라고 마음속으로 저항하고 있었다.

지금도 할머니가 말을 걸자 즉시 일어서려고 했지만, 문득 곁에 있는 존재가 눈에 들어와 동작을 멈추어 버렸다.

여기에 코요 혼자 남겨두어도 괜찮을까.

"……."

치사토가 힐끗 시선을 돌리자, 때마침 주위 관찰을 마친 것으로 보이는 코요와 눈이 마주쳤다.

"……여기에 얌전히 있을 수 있어?"

"걱정되느냐?"

"그도 그럴 것이……."

일반적으로는 남의 집에 있다는 것만으로도 따분한 기분이 들 텐데, 코요는 아직 이 현대에 대해 아무것도 모르는 것이다. 겉으로는 침착해도 분명 불안하지 않을까…… 그렇게 생각했지만 코요는 치사토의 머리에 손을 올리고 가볍게 쓰다듬었다.

"아이도 아니니 걱정하지 말거라."

"……으, 응."

입 다물고 옆에 있어봤자 아무 일도 할 수 없고, 오히려 코요에게도 생각할 시간이 필요한지도 모른다.

"그럼, 여기 가만히 있어."

저녁식사는 고등어 된장 조림, 가지나물, 오이 절임에 무 된장국이라는 익숙하고도 맛있어 보이는 요리다. 오랜만에 먹는 그리운 요리를 보고 치사토의 얼굴에는 자연스럽게 미소가 떠올랐다.

그것들을 쟁반에 올려 부엌에서 옮겨와 거실의 큰 테이블 위에 내려놓았다.

툇마루에 가까운 미닫이 앞에 서 있던 코요는 그런 치사토의 움직임을 가만히 보고 있었다.

"아키마사, 여기 앉아."

"알았다."

"많이 들어요."

할머니는 서비스하려는 생각인지 그릇에 수북이 쌀밥을 담고 생긋 웃으며 코요에게 권했다. 부모님과 치사토, 그리고 인근 지인도 놀러 오지만, 코요 같은 젊은 남자가 방문하는 것은 드문 일일 것이다.

소식가인 치사토와 달리 젊은 남자라면 많이 먹겠지. 그런 기대가 배어나오는 것처럼 코요 앞에 놓인 개인 접시 위에 올라간 반찬도 양이 많다.

'밥이나 먹을 때가 아닐지도 모르지만……'

이 사태를 어떻게 해야 할지 생각해야겠지만, 아무것도

모르는 할머니에게 걱정을 끼치는 행동은 피하고 싶었다. 무엇보다, 코요 같은 남자를 데려온 것 자체를 할머니가 어떻게 생각하고 있는지가 조금 무섭지만 표면상이라도 환영해 주는 분위기이니, 치사토는 젓가락을 들었다.

"잘 먹겠습니다."

하지만 막상 식사를 시작해도 코요는 좀처럼 움직이지 않는다. 저쪽 세계에서 분명 젓가락으로 식사를 하고 있었고, 야채 중심의 일식이라 저쪽 세계의 요리와 외관은 크게 다르지 않을 테니 거부감은 적을 텐데, 왠지 김이 모락모락 나는 요리를 물끄러미 보기만 하고 미간을 찌푸리고 침묵하고 있다.

그것을 보고 있던 치사토도 덩달아 젓가락을 놓고 할머니의 시선을 신경 쓰면서 물어보았다.

"왜 그래?"

"……이것을 만든 것은 치사토의 조모님이신가?"

"응. 우리 할머니 음식, 진짜 맛있어. 식기 전에 어서 먹지그래?"

배부르게 먹으라는 말까지는 하지 않겠지만, 적어도 할머니 앞에서는 조금이나마 젓가락을 움직여 줬으면 좋겠다. 그런 치사토의 기분과는 정반대로 코요는 즉시 그러마고 해주지 않았다.

"······이대로 먹을 수는 없느니라."

왜 그런 소리를 꺼냈을까. 코요의 옆모습을 의문 가득한 시선으로 본 치사토는 갑작스레 어떤 생각이 떠올라 목소리를 높였다.

"······아, 아키마사 혹시 할머니가 독을 탔다고 생각하는 건 아니겠지?!"

천황이라는 입장의 코요가 항상 신변의 위험을 느끼고 있다는 것은 마츠카제(松風)에게서 자주 들었다. 그래서 안전한지 판별하기를 기다리느라 항상 따뜻한 음식을 먹을 수 없는 것을 불쌍하게 생각하기도 했더랬지.

하지만 그것도 치사토 덕분에 상당히 개선된 모양이라, 처음 먹었을 때보다는 훨씬 따뜻한 것이 나오게 되었다. 그래도 이런 식으로 김이 피어오를 정도로 방금 만든 것은 물론 나온 적이 없다.

코요가 신변을 경계하는 게 이해가 안 되는 건 아니지만, 이곳은 현대다. 무슨 착각을 했는지 코요 본인도 천계라고 부르는 곳이다. 그의 목숨을 노리는 자가 있을 리가 없다.

그런데도 좀처럼 젓가락을 대지 않는 것은 할머니를 의심하고 있다는 말이다. 왠지 납득이 안 돼서 분노가 복 받쳐 오른다.

"할머니가 그런 짓을 할 리가 없잖아!"

치사토는 코요 앞에 놓인 국그릇을 잡아채어 거기 담긴 된장국을 한 모금 들이켰다.

"자, 아무렇지 않지? 뭣하면 전부 내가 먹어볼까?!"

단호히 말하자 코요는 맞은편에 앉아 있는 할머니를 보더니 고개를 숙였다.

"미안하오."

솔직하게 사과하는 말을 듣고 치사토는 다소 놀랐지만 할머니는 전혀 동요하지 않고 싱글벙글 웃었다.

"걱정 말고 배부르게 드세요."

더 이상 구시렁대면 접시를 치워 버리겠노라고 생각했지만, 코요는 얌전히 젓가락을 들고 된장국을 입에 가져다 냈다……. 하지만 먹자마자 그릇에서 입을 떼고 미간에 주름을 잡으면서 고개를 옆으로 돌렸다.

이렇게 맛있는 된장국이 맛없다고 느끼는 거야?

그러나 입맛에 맞지 않는다고 치기에는 그릇을 놓으려 들지 않고 가만히 된장국 속을 들여다보고 있다.

'……뭐야?'

"아키마사?"

도대체 뭘 하는 것일까. 전혀 짐작도 할 수 없었던 치사토와는 정반대로, 할머니는 그 행동의 의미를 알아차린 모양이다.

"혹시 고양이 혀이신가?"

"네?"

"고양이의 혀라고?"

코요는 자신이 고양이와 동격인가 하고 못마땅해 보이지만 물론 의미는 전혀 다르다.

"아니라니깐, 고양이 혀! ……어, 아키마사 뜨거운 음식 못 먹어?"

"……모르겠다. 뜨거운 식사를 한 적이 없으니 말이다."

"아……."

이것은 치사토의 상상에 지나지 않지만, 혹시 코요는 항상 독을 판별한 후의 차가운 식사를 해온 탓에 뜨거운 것을 못 먹는 체질이 되어버린 것은 아닐까.

저쪽 세계에서는 전혀 눈치채지 못했고, 현대는 따뜻한 것을 식기 전에 먹는 것이 보통이므로 치사토는 잊기 십상이지만, 그렇게 생각하니 왠지 코요가 딱하다는 생각이 들었다.

"식혀서 먹으면 되지. 자, 이쪽 나물은 차가워."

가지가 들어 있는 접시를 권하자 코요는 망설임 없이 젓가락을 가져가 입에 넣은 순간 미소를 지었다.

"맛있군."

"그치?"

한 달씩이나 함께 지냈어도 몰랐던 코요의 일면을 식사 하나로 엿볼 수 있었다. 생각해야 할 것은 많은데 치사토는 어쩐지 이 시간이 더할 나위 없이 푸근하게 느껴졌다.

식사를 마치자 할머니는 어서 목욕을 하라고 권했다. 저쪽 세계에서는 따뜻한 물을 끼얹는 게 고작이었기 때문에 따뜻한 물이 가득 채워진 욕조에 빨리 몸을 담그고 싶다고 생각하니 괜히 마음이 급해졌다.

그러나 여기서도 코요의 존재가 문제였다. 이 집의 욕실은 몇 년 전에 리모델링하여 노인에게도 안전한 욕실이 되었다. 그 전에는 장작을 태워 끓이는 구식 목욕탕이었기 때문에, 할머니가 쓰시기에 상당히 편해진 것은 좋지만서도, 코요가 사용법을 이해할지 어떨지 따지자면…… 절대로 무리다.

이 말은 치사토도 함께 들어가서 돌봐주어야 한다는 것이다. 둘이 별 사이가 아니라면 아무런 문제가 없겠지만, 그만큼 살을 섞은 데다 치사토 자신은 인정하지 않더라도 결혼까지 한 사이다.

할머니도 함께 있는 한 지붕 아래에서, 이 성욕 마인이 아무 짓도 하지 않는다는 보장은 없다.

"치사토, 아키마사 씨는 할아버지의 유카타를 입으면 될까? 젊은 사람에게는 좀 수수할 것 같은데."

"아, 네, 괜찮을 거예요. 파자마보다 훨씬 익숙할걸요."

손님을 접대하는 것이 즐거운지 아니면 치사토가 친구(?)를 데리고 온 것이 기쁜 건지, 할머니는 신이 나서 챙겨주었다. 코요도 치사토의 할머니라는 친근감 때문인지, 자신의 아명을 가르치고 부르는 것을 허용했을 정도다.

할머니가 코요의 존재를 별말 없이 받아준 데는 안심했지만 그래도 너무 응석을 받아주지 않았으면 좋겠다.

"천천히 목욕하렴. 그동안에 잘 준비도 해둘게."

"할머니, 그런 건 제가 할게요."

"괜찮단다. 아키마사 씨도 치사토 곁에 있는 것이 안심되지 않겠니? 요는 안쪽 손님방에 같이 깔아둘게."

"가, 같이?"

"자, 어서."

억지로 등을 떠밀려서 코요와 함께 넓은 탈의장에 들어갔다. 여기까지 온 이상 빨리 들어갔다가 나오는 수밖에 없다.

치사토는 티셔츠를 벗고 반바지에 손을 댔다. 그때 가만히 이쪽을 보는 코요의 시선을 알아차렸다. 그 시선은 치사토가 우려한 묘한 분위기가 아니라 어떻게 하는 것이냐고 물어보는 것 같다.

"……이 세계에서는 목욕탕이라는 데 들어가서 땀을 흘리거든. 그 왜, 몸을 씻는다고 따뜻한 물을 끼얹잖아? 그걸 훨씬 더 넓은 통에 물을 붓고…… 그러니까……."

'설명하기 진짜 힘들다아~!'

차라리 어린아이 상대라면 하나하나 친절하게 챙겨주었을지도 모르지만 치사토보다 나이도 많은 성인 남성을 상대로 돌봐주기도 어쩐지 이상하다.

치사토는 목욕탕에 들어간다는 당연한 것을 설명하기도 어려우니 아무튼 실력 행사를 하려고 코요가 입은 옷에 손을 댔다.

"치사토."

"하나도 남기지 말고 전부 벗어."

"전부, 말이냐?"

"이, 이상한 의미가 아니거든! 할머니가 그렇게 하라고 하셨어!"

초조해하며 손을 떼려고 하자 그 위를 코요의 큰 손이 덮었다. 퍼뜩 고개를 들자 쓴웃음을 참고 있는 얼굴이 거기에 있었다.

"알았다. 모두 벗으면 되는 게지?"

"으, 응…… 도와줄까?"

"치사토가 도와주는 것도 좋지만 나도 이 정도는 할 수 있다."

치사토가 보기에는 어떤 식으로 입는지 전혀 모를 수수께끼의 의상이지만 코요는 매끄러운 손놀림으로 하나하나 벗었다. 여인들이 입는 쥬니히토에만큼은 아니지만 몇 겹이나 겹쳐 입은 기모노를 벗고 하카마의 끈을 풀어 속옷까지 벗자, 넋을 잃고 바라볼 정도로 아름답고 늠름한 나신이 나타났다.

두터운 가슴과 탄탄한 허리. 높은 위치에 허리가 있는 긴 다리 사이에는 우람한 양물이 있다.

여러 번 보았던 몸이지만 이렇게 밝은 불빛 아래에서 보면 왠지 묘하게 생생하게 느껴졌다. 치사토는 이상한 뜻으로 받아들이지 말라고 자기 입으로 말한 주제에 이런 식으로 두근두근하는 것이 부끄러워서, 황급히 시선을 돌리고 자신도 속옷을 벗으려고 했지만 묘하게 긴장한 탓인지 손이 도저히 움직이지 않는다.

'어, 어째서 의식하는 건데!'

평범하게 온천에 들어간다고 생각하면 되는데, 코요가 보고 있다고 생각하면 거리낌 없이 알몸이 될 수가 없다. 그래도 언제까지나 벌거벗은 채 코요를 기다리게 할 수는 없는 노릇이라, 결국 허리에 수건을 감고 간신히 속옷을 벗을 수 있었다.

"자, 드, 들어가자."

욕실 문을 열고 욕조의 뚜껑을 들추었다. 치사토는 적당한 온도의 물을 몸에 부어 간단하게 씻고 나서 입구에 오도카니 서 있는 코요를 돌아보았다.

"왜 그래?"

"……아니."

"지금 내가 한 것처럼 몸을 씻어."

설마 치사토가 해줄 수도 없는 노릇이라 빠르게 말하고 자기 혼자만 욕조에 들어갔다. 그러자 코요는 치사토가 했던 대로 바가지를 손에 들고 물을 몸에 부었다. 물이 뜨거웠는지 그 순간은 살짝 눈썹을 찌푸렸지만, 불평은 하지 않고 같은 행위를 반복한 후에 치사토 옆으로 몸을 스르륵 집어넣었다.

"자, 잠깐!"

"왜 그러느냐."

"왜 그러긴…… 어휴 참."

목욕을 즐기는 할머니의 뜻에 따라 큼직한 욕조를 들이긴 했지만, 몸집은 작아도 남자인 치사토와 평균 이상으로 체격이 좋은 코요가 들어가기에는 비좁다. 게다가 당연히 둘 다 알몸이라 서로의 살갗이 접촉하는 것도 왠지 부끄러웠다.

실제로는 섹스까지 한 사이지만, 아무래도 밝은 욕실에서, 그것도 자신이 살아 있는 현대에서 남자끼리 섹스를 연상하기는 정말이지 싫다.

치사토는 먼저 몸을 씻기 위해 욕조에서 나오려고 했지만, 그 행동을 알아차린 것처럼 코요가 치사토의 팔을 잡고,

"우왁!"

그대로 잡아당겨서 뒤에서 끌어안는 자세로 도로 끌려가고 말았다.

"아키마사!"

"왜 그러느냐. 이렇게 하면 너도 물에 잠길 수 있지 않겠느냐."

"……그, 그렇긴 하지만!"

"얌전히 있거라."

자세가 문제라고 말하고 싶지만 그러면 자신이 더 코요를 의식하고 있다고 여겨질지도 모른다. 어디까지나 평상심을 가지고 있으면 이런 일은 아무것도 아니다. 치사토는 그렇게 몇 번이나 마음속으로 되뇌면서 그래도 탕 속에서 몸을 딱딱하게 긴장시켰다.

'……아.'

천장에서 물방울이 어깨에 떨어져서, 치사토는 작게 몸

을 움츠리며 위를 올려다보았다. 희고 깨끗한 욕실 천장. 시선을 옮기면 거기에는 당연히 거울도 샤워도, 샴푸도 샤워 젤도 있다.

'정말로…… 돌아왔구나…….'

욕실에서 그런 생각을 하는 게 웃기지만, 그래도 평소에 하던 것을 이렇게 아무렇지도 않게 할 수 있다는 게 기뻐서 견딜 수 없다. 돌아갈 수 있을 거라 믿고는 있었지만 그것이 확실하게 실현 가능한지 어떤지는 아무런 보증도 없었던 만큼, 치사토는 포기하지 않고 행동한 자신을 칭찬해 주고 싶었다.

"치사토."

"!"

하지만 낮게 울리는 목소리와 배를 둘러싼 손의 감촉으로 그런 생각을 멈추고 정신을 퍼뜩 차리고 말았다.

그렇다, 지금 이 상황은 결코 치사토에게 최선이 아닌 것이다.

이번에는 뒤에 있는 남자의 존재에 신경을 곤두세우고 있자 배를 두른 손에 더욱 힘이 담겼다.

"……너는 여기에 돌아오고 싶었느냐."

코요가 확인하듯이 말하자 어째서인지 치사토는 곧바로 고개를 끄덕일 수 없었다. 물론 돌아오고 싶은 마음이야 계속 있었지만 거기에 코요까지 말려들게 할 생각은 전혀 없었다.

극히 평범한 학생인 치사토와 달리 코요는 한 나라를 다스리는 입장이다. 무단으로 하루, 아니, 비록 한 시간이라도 그 소재를 파악할 수 없으면 큰일이 벌어질 것이다.

게다가 치사토가 저쪽 세계에 갔을 때는 치사토 한 명밖에 그 자리에 없었지만 이번에 코요가 사라져 버렸을 때에는 나카츠카사(中司) 외에도 많은 사람이 보고 있었다. 지금 그 세계에서 벌어지고 있을 소동을 생각하면, 자신이 이곳에 돌아온 기쁨에 마냥 잠겨 있을 수도 없다.

그래도 돌아온 것 자체는 옳다. 치사토는 그렇게 스스로를 타이르고 목소리를 약간 줄여서 대답했다.

"……당연하잖아."

"그러냐."

치사토의 어깨에 손으로 푼 물을 부어주면서 말하는 코요가 지금 무엇을 생각하고 있을지 궁금하다. 하지만 궁금하다고 해봤자 자신은 어쩔 수가 없었다.

"이, 이제 나가자. 씻어줄게!"

코요의 목소리가 불안하게 떨고 있던 것은 아니다. 그런데 치사토는 왠지 자신이 낯선 세계에 떨어졌을 때가 생각나서 견딜 수 없었다.

그러나 그 마음을 그대로 코요에게 전할 수도 없는 노릇이다. 치사토는 자신의 감정을 얼버무리기 위해서도 지금은 움직일 수밖에 없다고 생각하고, 억지로 코요를 욕조에서 끌어내서 욕실 의자에 앉혔다. 때밀이에 샤워 젤을 묻혀 넓은 등을 힘껏 강하게 문지르기 시작한다.

대야로 물을 끼얹어서 천으로 몸을 비비는 정도밖에 한 적이 없는 이 남자에게는 그것만으로도 충분히 충격적인 체험일 것이다.

"좋은 향기로구나."

"이 거품이 몸에 붙어 있는 더러운 것들을 씻어주는 거야."

"이게 말이냐."

향기로운 샤워 젤의 거품을 손안에 얹어 가볍게 쥔 순간에 사라져 버린 것을 보고 눈을 가늘게 뜨는 코요. 어떤 원리일까 생각하고 있는지도 모른다고 생각하며 치사토는 코요의 등을 계속 씻었다.

"머리도 감을 거야."

"머리카락도 말이냐?"

"고개 숙이고, 눈 꼭 감고 있어."

평소에는 머리를 위로 틀어 올리고 모자 같은 것을 쓴 모습밖에 보지 못했지만, 그것을 풀자 놀랍게도 어깨 언저리까지 오는 길이였다.

'어쩐지 신기해.'

남의 머리를 감기는 건 처음 해본다. 그것도 상대가 코요일 줄은 상상도 하지 못했던 일이지만, 왠지 사람의 약점을 건드리고 있다는 느낌이 들어 약간 즐거웠다.

'아키마사도 완전히 무방비하고 말이야.'

손바닥에 샴푸를 짜서 가볍게 비비고 나서 코요의 머리카락을 만졌다. 이런 식으로 제대로 의식이 있을 때 코요의 머리를 만진 것은 처음이다. 희미한 불빛 속에서 정신없이 뻗은 손으로 상대의 머리를 헝클 때와는 완전히 다르다―

'……아니, 내가 무슨 생각을 하는 거야?!'

치사토는 지우고 싶은 과거인 섹스를 떠올리고 황급히 고개를 저었다. 모처럼 현대에 돌아왔으니 그 세계에서 일어났던 일은 잊고 싶다.

치사토는 기분을 고쳐먹고 코요의 머리를 감기기 시작했다. 의외일 정도로 감촉이 좋은 머리를 단단히 주물러 씻고 이마에 거품이 흘러 떨어지지 않도록 조심한다.

문득 작게 속삭이는 목소리가 들린 것 같아서 치사토는 코요의 얼굴을 들여다보았다.

"뭐라고?"

"……너의 손이 기분 좋다고 생각했을 뿐이다."

"무, 무슨 소릴 하는 거야!"

무심코 새어나온 그 말이 왠지 맹렬히 부끄럽다. 이것은 할머니가 돌봐주라고 했기 때문에 하고 있는 것이지, 딱히 치사토 스스로 바라서 하는 일이 아니다.

"아직 고개 들지 마."

이 일은 아예 사무적으로 진행하는 것이 낫겠다. 치사토는 벅벅 힘주어 머리를 감기고는 샤워기에서 나오는 온수를 거침없이 머리 꼭대기부터 뿌렸다.

등을 밀고 머리까지 감은 탓은 아니겠지만, 치사토도 어느 정도 후련한 기분이 들어서, 다시 함께 욕조 안에 들어가 또 다시 뒤에서 끌어안고 있는 자세가 되어도 이번에는 조금이나마 여유를 가질 수 있었다.

생각해 보면 이런 식으로 코요와 스킨십을 가진 적은 지금까지 없었다. 저질스러운 이야기를 하자면 몸을 섞는 일이야 여러 번 했지만, 그런 것과는 다른 의미로 치사토가 먼저 피부를 닿게 한 적은 없다.

치사토는 한시라도 빨리 현대에 돌아가고 싶어 하고.

코요는 수단방법을 가리지 않고 그런 치사토를 만류하고.

결국 서로 전혀 다른 방향을 향하고 있었기 때문에 어쩔 수 없는 일이었고, 이렇게 돌아올 수 있었기 때문에 그런 생각을 하는지도 모르다.

"치사토."

"……왜 불러."

안 그래도 소리가 잘 울리는 욕실이라 코요의 목소리는 매혹적으로 치사토의 귀를 간질였다.

"조모님께 보고를 해야 하겠구나."

"보고?"

도대체 무슨 일인가 하고 등 뒤를 돌아보았다가, 젖은 머리카락을 쓸어 올리는 코요의 모습에 얼굴이 화르륵 뜨거워진다.

'이, 이상하게 페로몬을 철철 흘리고 있다니까.'

지금까지 본 적 없는 모습에 두근거리는 자신을 들키고 싶지 않은 치사토는, 무릎을 껴안고 있는 손에 힘을 주어 동요를 가라앉히려고 했다.

하지만 뒤이은 코요의 말을 듣고, 냉정한 척 하던 모습은 곧장 무너졌다.

"네가 내 아내가 된 것 말이다."

"뭐……?!"

"피로연도 무사히 끝났다. 넌 몸도 마음도 내 것이 되지 않았느냐? 조모님께 그 사실을 말씀드려야 하겠지."

"그런 말을 어떻게 해!"

허리를 두른 코요의 손을 힘껏 쳤지만 물보라가 자신의 얼굴에 튀는 결과밖에 되지 않았다.

"왜 말을 못하느냐?"

"나, 난 너랑 결혼한 것 자체를 인정 안 하거든!"

어디까지나 억지로 일을 진행시켜서, 도망칠 틈을 만들기 위해 얌전히 따랐을 뿐이다. 애초에 현대의 호적에는 전혀 관계가 없고, 대전제로서,

"우리나라에서는 남자끼리 결혼할 수 없다고!"

그것이 가장 컸다.

"……허나."

"어쨌든! 할머니한테 그런 말은 하지 마. 나, 할머니한테는 절대로 걱정 끼치고 싶지 않으니까."

그 어떤 때라도 치사토의 편을 들어주었다.

하지만 마냥 어리광을 받아주기만 하지 않고 치사토가 잘못한 점도 분명히 지적해 주었다.

부모님도 괴롭힘을 당해서 비굴해진 자신을 걱정해 주었고 치사토는 그런 부모님이 싫지 않았지만 제일 먼저 손을 내밀어준 할머니를 지금도 가장 소중히 여기고 있다.

코요는 치사토가 할머니를 소중히 여기고 있다는 것은 알았지만, 그래도 두 사람의 관계를 전하지 않는다는 것은 납득할 수 없는 모양이다.

"거짓말을 하겠다는 거냐."

거짓말이 아니라 원래 남자끼리 결혼한다는 개념이 현대에는 없다니까. 아마 아무리 논리적으로 설명해 봤자 코요가 이해해 주리라고 생각지는 않는다. 애초에 저쪽 세계에서도 치사토는 대외적으로 여자라고 되어 있고, 코요도 그럴 작정으로 여장을 시키지 않았던가.

어느 쪽이든 비현실적인 세계에서의 관계를 여기로 끌고 들어올 생각은 추호도 없다. 단, 코요에게 그렇게 말하면 밀어붙여서 할머니에게 그 관계를 고백할 우려가 있기 때문에 치사토는 어떻게든 그가 이해해 줄 것 같은 말을 궁리했다.

"……그냥 말만 안 해줬으면 좋겠어."

언외로 결혼 자체를 없었던 일로 할 생각은 없다고 전하듯이 말하자, 잠시 동안 입을 다물고 치사토의 얼굴을 보던 코요가 겨우 고개를 끄덕였다.

"……알았다. 지금 당장은 하지 않도록 하지."

"……!"

'언젠가 말할 작정이냐고!'

그렇게 생각했지만, 치사토는 그 말을 입에 올리지 않았다. 코요가 여기까지 양보해 주는 것은 상당한 일이다.

들어가기 전에 우려했던 코요의 발칙한 장난도 없이 욕

실에서 나오자 거기에는 할머니가 준비해 주신 유카타가 있었다. 크림색 바탕에 가는 줄이 들어간 유카타는 생전에 세련되었던 할아버지가 즐겨 입던 것이다.

"입는 방법은 알겠어?"

"……이것을 입으면 되느냐?"

역시나 기모노에 익숙한지, 코요는 솜씨 좋게 유카타를 입고 띠까지 묶었다. 하지만 그 아래에 속옷을 입지 않은 것이 마음에 걸린다.

원래 그 세계의 속옷은 하카마와 비슷한 형태라 실제로 입고 있다는 느낌이 희박한 것이 아닐까 하는 생각이 들 정도였다. 그런 것을 입고 지내던 그에게 현대의 속옷을 입으라고 해도 무리일지도 모른다.

'분하지만…… 어울린단 말이지.'

허리에 단단히 띠를 매고 서 있는 그의 모습은 같은 남자의 눈으로 봐도 넋을 잃을 정도라, 치사토는 그렇게 생각하고 만 자신이 왠지 분했다.

"착용감, 나쁘지 않아?"

"아니, 지금까지 본 적이 없는 것이지만 촉감은 좋군. 이것은…… 네 것은 아닌 것 같은데."

명백히 크기가 다른 옷을 보고, 코요는 당연한 의문을 품은 것 같다. 집에는 할머니밖에 살지 않으니, 치사토가 입지 않는 유카타의 주인에게 엉뚱한 질투를 하고 있는지도 모른다. 완전히 헛다리를 짚은 것이다.

"할아버지 거야. 아껴 입어서 깨끗하지?"

"할아버님의……."

천을 쓰다듬으며 응시하는 코요의 눈빛이 부드러워진 것 같았다. 왠지 타산적인 말 같지만 그래도 돌아가신 할아버지에 대해 존중받은 것 같아 기뻤다.

"조모님께 감사 인사를 해야겠구나."

"……응."

그리고 마음속은 혼란스러울 텐데도 할머니에게 감사의 뜻을 전하는 코요는 어른인지도 모른다고 생각하며, 자신이 저 세상에 갔던 적을 되돌아본 치사토는 스스로가 한심하다는 생각이 도졌다.

*　　　*　　　*

규칙적인 숨소리가 희미하게 들린다.

치사토와 함께 바닥에 누워 있던 코요는 일어나 머리맡의 미닫이를 열고 마루방 복도로 나섰다.

투명한 판 너머로는 달빛을 받은 정원이 보인다. 그것은 아무리 봐도 자신이 알고 있는 경치와는 완전히 달랐다.

"······여기는 정말 치사토가 사는 천계인가······."

천계는 더 현실감이 없는, 덧붙이자면 식사를 하는 일도 없고, 물론 목욕도 하지 않고 그저 평온하게 조용히 사는 세계인 줄로만 알고 있었다.

그런데 치사토의 할머니는 스스로 요리를 대접해 주고 살뜰한 배려도 하면서 코요를 맞이했다. 물론 천황이라는 자신의 지위가 낮다고는 생각지 않았지만 그래도 천계 사람에 비하면 하위라고 여겼기에 그만큼 정성껏 대접하는 것이 놀라웠다.

놀란 것은 물론 그런 배려만은 아니다.

불을 켜지 않아도 밝은 방 안과 무슨 술수라도 쓰는 줄 알았던 자유자재로 물이 나오는 기구.

거품을 내면서 좋은 냄새를 풍기는 약탕과 편안한 잠자리도.

자신이 사는 세상과는 다른, 본 적도 없는 그것들이 다른 세계에 있다는 실감을 더욱더 느끼게 했다.

"······."

코요는 마루방에 앉아서 가만히 자신의 손을 내려다보았다. 절대로 놓지 않겠노라고 잡았던 치사토의 팔. 그 강한 바람대로 사랑스러운 존재는 아직도 옆에 있지만 코요 자신까지 천계로 끌려오고 말았다.

천황의 역할을 다하기 위해서는 한시라도 빨리 자신이 사는 세상으로 돌아가야 하나, 그 방법은 전혀 떠오르지 않는다.

여기에는 그때 빠져 버린 연못도 없다.

코요는 등 뒤를 돌아보고, 지금까지 본 적도 없을 만큼 안심한 얼굴로 잠든 치사토를 바라본다.

'그토록 돌아가기를 원했던 천계로 돌아왔기 때문인가.'

어떤 이유로 치사토가 코요 앞에 강림하였는지는 모르겠지만, 그 몸을 송두리째 자기 것으로 만들었으니 치사토는 이미 천인이 아니다.

만일 자신이 어떤 대접을 받고 있는지 할머니에게 보고하러 오고 싶었다고 쳐도, 코요와 함께 다시 하계로 내려가는 것은 당연한 일이다.

'모두들 혼란스러워하고 있겠지.'

두 사람이 떠난 자리가 어떻게 되어버렸는지 알 턱은 없지만, 아무리 나카츠카사라 할지라도 천계에 병사를 보낼 수는 없다. 이제 코요가 스스로 움직여서 치사토를 데리고 돌아갈 수밖에 없다.

코요는 일어나서 지금까지 누워 있던 바닥이 아니라 치사토가 자고 있는 옆으로 몸을 붙였다. 그러자 무의식인지 치사토가 곁으로 몸을 움직였다.

"……치사토."

신기하게도 낯선 세계에 왔다는 불안과 초조는 느껴지지 않는다. 그것도 다 더없이 사랑하는 치사토라는 존재가 손 안에 있기 때문이라며, 코요는 호리호리한 몸을 품에 안고 눈을 감았다.

다음 날 아침, 새어 들어오는 햇빛에 눈을 뜬 코요는 방 안을 한 바퀴 둘러보고 여기가 자신의 방이 아니라는 것을 새삼 인식했다. 어제 있었던 일은 아무래도 꿈이 아닌 모양 이다.

품에서 자고 있는 치사토는 아직 깨어날 기색을 보이지 않는다. 그사이에 이 근처를 조금 살펴보는 것이 좋을까 생 각한 코요는 바닥에서 일어나 미닫이를 열었다.

"……"

어제는 어둑어둑한 탓인지, 아니, 어쩌면 무의식적으로 도 동요하고 있었는지 별로 주위가 보이지 않았던 코요는, 지금 처음 자신이 있는 세계를 그 두 눈으로 보았다.

바로 눈앞에 정원이 있고 그 너머는 탁 트인 논 같은 것 도 보인다. 그 한층 더 안쪽에 우뚝 솟은 것은…… 무엇일 까.

더 가까이 가서 보지 않으면 모르겠군 하고 생각하고 있노라니, 들어본 적 없는 이질적인 소리가 귀에 들려왔다.

코요는 순간적으로 허리춤에 손을 댔지만, 지금 거기에 칼은 없다. 그러고 보니 어젯밤 벗은 옷도 어디에 갔을까 생각할 틈도 없이, 투명한 판 너머로 이상한 말을 탄 남자가 나타났다.

'정체가 뭐지……?'

정확한 시간은 모르겠지만 아직 이른 아침이라 해도 될 시각일 것이다. 그럴 때 나이 지긋한 부인과 치사토밖에 없는 저택을 방문하다니 도대체 어떤 의도가 있는 걸까.

설마 치사토를 노리고 있는 걸까 싶어 주의 깊게 보고 있노라니 말에서 내린 남자는 거침없이 저택 입구로 다가온다. 맨손으로 응전해야 하는가? —그렇게 생각하고 있는데, 금세 멀어지더니 다시 말에 올라타고 온 길을 따라 다시 떠났다.

"……무엇을 한 거지?"

손에 무엇인가 가지고 있던 것 같기도 하지만 잠시 집으로 다가온 의미는 전혀 모르겠다.

코요는 확인하기 위해 투명한 판을 어떻게든 움직이려고 했지만, 그리 두꺼운 것도 아닌데 꿈쩍하는 기색도 보이지 않았다.

옆으로 당겨도 밀어도 미미한 진동밖에 전해지지 않는

다. 이것도 천계 특유의 술법이 걸려 있는 건가 생각하고
있노라니,

"아키마사 씨, 벌써 일어났나요?"

복도 건너편에서 치사토의 할머니가 모습을 드러냈다.

"어젯밤에는 신세를 졌소이다."

"잠은 잘 잤어요?"

치사토의 할머니도 그 나이의 노인답게 몸집이 아담하지
만 등이 꼿꼿하고, 이상한 모양의 옷이지만 차림새도 정갈
하다.

갑자기 나타난 코요를 거부하지 않고 자연스럽게 받아준
것에 감사하고, 무엇보다 치사토와 닮은 듯 보이는 그녀에
게는 친근감마저 품고 있었다.

어젯밤부터의 언동을 보아하니 이 할머니는 상당히 대범
하고 의젓한 기질 같다. 그렇다면 수상한 남자가 다가오고
있던 것도 모르겠거니 하고 코요는 밖을 가리키며 충고를
했다.

"조모님, 방금 수상한 자가 저택에 접근하였소."

"수상한 사람?"

"무슨 이상야릇한 말을 타고 있었소. 금방 가버렸지만
무엇을 하려고 했는지 확인하는 것이 좋을게요."

고개를 갸웃한 할머니는 즉시 투명판의 돌출 부분에 손

을 대고 아주 간단하게 옆으로 살짝 열었다. 전혀 힘을 쓰지 않는 모습에 대체 무엇을 한 것일까 하고 물끄러미 보게 된다.

그대로 무슨 신발 비슷한 것을 발에 꿰고 정원을 통해 저택의 입구로 향했다 금방 돌아온 그녀의 손에는 얇은 쥐색 종이 뭉치가 쥐어 있었다.

"그게 무엇이오?"

"신문이란 것이에요."

"신문?"

"세상에 일어난 사건을 써서 매일 알려주는 것이랍니다."

"매일?"

할머니는 코요의 무지를 비웃지도 않고 그가 깊게 묻기도 전에 자세히 설명해 주었다.

코요도 백성들에게 포고를 내릴 때 서면으로 쓰는 경우는 있지만 매일이라니 터무니없는 얘기다. 백성 중에는 글을 모르는 자도 있어서 포고의 내용을 주지시키려고 직접 사신이 가는 일이 더 많을지도 모른다.

'과연 천계는 다르군⋯⋯.'

보여달라고 해도 글자는 전혀 읽을 수 없었다. 놀랍게도 정교한 그림도 여러 장 실려 있어 아무래도 정보원으로서 충분하다는 것은 알겠다. 아버지 대 이상으로 자신이 통치하는 나라도 풍족해졌다고 자부하고 있었지만 역시 천계의 번영과는 비교할 수 없을지도 모른다.

코요는 다시 치사토의 할머니와 마주 보았다.

"조모님."

"예."

"어젯밤 갑자기 찾아와서 폐를 끼쳤으리라 생각하오. 아무것도 없이 왔기 때문에 답례로 드릴 것도 없으나, 이 코요, 진심으로 조모님께 감사 인사를 올리겠소."

그렇게 말하고 고개를 숙이자 할머니도 코요를 향해 정중하게 인사를 했다.

"나도, 감사합니다."

"나에게?"

"치사토가 그렇게 큰 소리로 당신과 서로 말하고 화내고…… 그 아이가 감정을 크게 보여준 건 처음이랍니다."

"내가 아는 치사토는 언제나 큰 소리로 호통치고 화내는데?"

조금 억지로 몸을 빼앗아 버린 탓인지, 치사토는 코요에게 반항적이고, 자기 멋대로고 생떼를 부린다. 지금까지 천황인 그에게 그런 태도를 취한 사람이 없었던 점도 있어서, 오히려 치사토에 대한 코요의 집착은 강해졌다.

지금 할머니의 이야기를 들으면 치사토는 천계에서는 얌전한 소년이었던 것 같다. 그런 치사토가 코요 상대로는 다르다고 생각하면 그만큼 자신에게 마음을 허락하는 것이 아닐까 싶어 기쁘기도 했다.

　"어…… 라?"

　그러는 동안 기척을 눈치채고 치사토도 깨어난 듯 작은 목소리가 방에서 들려왔다. 뒤돌아보자, 잠시 어린아이 같은 천진난만하고 멍한 표정으로 주위를 보고 있었다. 그러다 갑자기 일어나 큰 눈을 휘둥그레 뜨고 주위를 둘러보고는 이루 말할 수 없는 기쁜 표정으로 변해갔다.

　아마 자신이 사는 세계로 돌아왔다는 사실을 재인식하고 기뻐서 주체를 못하는 것이리라. 그 마음은 이해가 안 되는 것도 아니지만, 치사토도 함께 시간을 보내면서 코요가 다스리는 나라에 익숙해졌는데 하는 복잡한 심경이 되었다.

　그 표정이 코요의 존재를 포착한 순간 단번에 굳어지는 것을 알 수 있었다.

　치사토에게 있어서 자신은 틀림없이 환영할 만한 상대가 아니라는 것이다. 아무래도 가슴이 아프지만 차마 그것을 발설할 수는 없다.

　"……아키 ……마사."

　입을 다물고 있자 치사토가 먼저 이름을 불렀다.

"일어난 거냐, 치사토."

치사토는 작게 끄덕이고 이번에는 그 시선을 옆에 있는 할머니에게 돌렸다. 할머니는 코요에게 보여준 것 이상의 부드러운 눈빛으로 치사토를 보았다.

"일어난 거니, 치사토. 자, 아키마사 씨를 화장실로 안내하렴."

"할머니…… 안녕히 주무셨어요?"

할머니의 말은 절대적인지, 치사토는 느릿느릿 바닥에서 몸을 일으켜 코요 옆으로 왔다. 그리고 말없이 코요의 소매를 잡더니 걷기 시작했다.

"아침에 일어나면 얼굴을 씻고, 양치질도 해야 돼."

"양치질?"

그것이 어떤 행위인지는 모르지만 우선은 치사토 말대로 하는 것이 좋겠지.

아침에는 따뜻한 식사가 준비되어 있었다.

생선 구이에 초절임, 국에다가 쌀밥. 저녁식사도 따뜻한 동안 나온 것에 놀랐지만 이번에는 치사토에게 독을 확인시킨다는 실수는 범하지 않았다.

"어때요?"

"맛있다."

할머니의 물음에 솔직하게 대답을 할 수 있었다.

여기에는 코요의 목숨을 노리는 사람은 없다. 물론 경계를 게을리 할 생각은 없지만 치사토 할머니를 의심하고 싶지는 않았다.

게다가 따뜻한 식사가 얼마나 맛있던지. 지나치게 뜨거운 그릇은 금방 입에 댈 수 없지만, 그래도 열을 가진 흰쌀은 단맛이 있고 생선도 부드럽고 맛있다. 천계 사람은 언제나 이런 식사를 하고 있는 건가 생각하면 부러운 마음이 생겼다.

식사 후에는 치사토의 할머니가 꺼내준 옷으로 갈아입었다. 하카마도 안 입고, 여러 겹 겹쳐 입지도 않았지만, 시원하고 착용감이 좋은 유카타라는 옷은 마음에 들었다.

머리는 내려서 동그란 끈으로 하나로 묶었다. 그것도 왠지 홀가분하고 기분 좋다.

"……근데 말이야."

"응?"

지금은 활짝 열린 투명한 판. 아무래도 이것은 도적이 들어오지 못하도록 자물쇠가 달려 있는 것 같다. 그 앞에 서서 밖을 바라보고 있던 코요는 옆에 온 치사토를 내려다보았다.

오늘도 몸에 맞는 얇은 옷을 입고 있는 치사토는 남자치고는 꽤 가녀리지만, 꼭 여자로 보이는가 하면 그렇지도 않다. 상냥한 분위기가 나는 예쁘장한 얼굴이 아주 사랑스럽다고 생각하지만 복장 하나로 인상이 상당히 달라졌다.

물론 온몸 구석구석까지 알고 있는 코요는 치사토가 소년이라는 사실은 알고 있지만, 어쩐지 아주 신선한 기분으로 그 모습을 보고 만다.

"……."

치사토는 말을 건 것까지는 좋지만 그다음 말을 어떻게 꺼내면 좋을지 고민하는 분위기다. 자신은 천계에 돌아왔으니 안심하고 있겠지만, 여기에 코요가 있다는 사실이 있으니 마냥 기뻐할 수도 없다는 것이 실정이리라.

"그……."

"염려하지 않아도 내 나라로 돌아갈 것이다."

이것만은 결정사항이라고 단언하자 치사토는 안심한 것 같은, 그러면서도 불안한 표정으로 쳐다본다.

"하지만 나는 돌아가는 방법은 전혀 모르는걸?"

"네가 천계에 돌아올 수 있었으니 내가 하계에 내려가지 못할 리가 없다."

치사토처럼 연못에 뛰어든다는 방법은 아닐지 모르지만 실례가 눈앞에 있는 탓인지 코요는 거기에 대해 걱정은 하지 않았다. 물론 한시라도 빨리 돌아가야 한다는 마음이야

있지만.

그것보다 문제는 치사토다.

자신이 사는 천계로 돌아오는 바람에 친정 생각에 박차를 가한 것이 아닐까. 쉽게 돌아올 수 없는 장소이기 때문에 그 애착도 깊으리라고 예상되었다.

하지만 치사토는 이미 코요와 피로연까지 한 정식 왕비다. 아이를 낳는다는 사명은 없을지언정 평생을 코요와 함께 보내는 것은 결정되어 있다.

'네가 거부하더라도 반드시 데려가겠다.'

코요는 그것만은 양보할 수 없다고 생각하면서 치사토의 어깨를 껴안았다.

"자, 잠깐, 이거 놔!"

"아무도 안 본다."

"그런 문제가 아니라고!"

할머니와 사는 집이라 그런지 치사토는 접촉을 완강히 거부하려고 한다. 몸은 코요를 잊지 못하는 주제에, 이미 코요의 명실상부한 정실이 된 주제에, 이제 와서 할머니에게 숨기려고 하는 이유는 무엇인가.

천인과 하계의 인간이 평생을 함께한다는 이야기는 들어본 적이 없지만 우리가 그 첫 번째 부부가 되면 된다.

치사토를 행복하게 할 자신도 있고, 치사토가 있으면 코요는 행복하다.

"하지만 네가 사는 세상도 보고 싶구나. 정무는 신경이 쓰이지만, 치사토, 너에 대해서 내게 더 말해주렴."

"아키마사……."

코요를 올려다보는 치사토의 눈가가 발갛게 물들어 있는 것 같다. 코요는 정직한 반응을 보고 미소를 머금고는 거기에 살짝 입술을 대었다.

"앞으로 평생을 함께할 테니 말이다."

"……바, 바보! 마음대로 단정하지 마!"

치사토가 갑자기 가슴을 밀어내, 코요의 손은 그에게서 떨어졌다. 왜 억지를 부리는지 알 수가 없어 뚫어지게 얼굴을 바라보았다.

"치사토."

"나는! 나는 마침내 돌아왔으니까! 이제 절대 그쪽 세계에는 가지 않을 거야!"

마루방 사이를 뛰어가는 치사토를, 코요는 말릴 새도 없이 바라본다. 아무래도 정말 친정에 대한 그리움이 생긴 모양이라, 도로 데리고 가려면 제법 고생을 하겠지만, 물론 그것을 포기할 생각은 없다.

'네가 어떻게 생각하건 반드시 데려갈 게다.'

아침부터 기분이 상한 듯 보이는 치사토였지만 코요가 모르는 사이에 할머니가 타이른 모양이다.

처음부터 코요를 기꺼이 맞아준 할머니는 치사토에게 절대적인 존재인지, 치사토는 마지못해 한다는 태도는 숨기지 못해도 코요 앞에 다시 나타났다.

"아키마사가 한 말은 납득할 수 없지만! 할머니가 잘 좀 챙기라고 하셨으니까!"

자신에게 주어진 다다미방에 앉아 있던 코요는 삐기는 태도로 우뚝 선 치사토를 올려다본다. 지금까지도 강경한 태도가 눈에 띄었지만, 자신이 살던 곳으로 돌아온 안정감 때문인지 그것이 단순한 허세가 아니라 유치하게 떼를 부리는 것처럼 보였다.

그런 치사토의 태도를 귀엽다고 생각하는 자신의 마음은 여전하지만.

"내 시중을 든다는 말이냐?"

"뭐, 뭐, 그런 비슷한 말이긴 한데……."

"어떤 식으로 시중을 들겠다는 게냐?"

"어떻게, 라니."

"아내가 몸소 시중을 들어주는 것은 기쁘지만 말이다."

"아, 아내애?"

주위를 전혀 신경 쓰지 않는 솔직한 치사토의 반응이 즐거워서, 코요는 그만 놀리는 투로 말하고 만다. 그 말에 점점 얼굴을 붉게 물들이는 치사토를 곁눈질하고 있노라니 갑자기 높은 소리가 울려 퍼졌다.

"……!"

지금까지 들어본 적이 없는 소리. 무슨 일이 일어난 건가 하고 순간적으로 치사토를 감싸듯 일어서자, 잠시 후 그 소리는 그치고 희미하게 할머니의 말소리가 귀에 들어왔다.

"……전화 왔네."

치사토가 중얼거리는 소리를 듣고 코요는 되물었다.

"전화, 란 건 무엇이냐?"

"전화는…… 아— 먼 곳에 있는 상대와 이야기할 수 있는 기계?"

치사토도 어떻게 설명해야 할지 모르는지 자신도 생각하면서 대답을 했다.

"멀리 있는 사람과? 편지를 전달하는 것과는 다른가?"

"편지는 상대한테 도착한 후가 아니면 내용을 모르잖아? 전화는 그 자리에서 자기가 말하고 싶은 것을 서로 말할 수 있어."

치사토는 당연한 것처럼 말하지만, 코요의 상식으로는 도저히 생각할 수 없는 것이었다. 아무리 화급한 용건도 상대의 대답을 기다리려면 반드시 며칠은 시간이 걸린다. 그런데 그 자리에서 전달할 수 있다면 얼마나 편리할까.

치사토의 세계에서 상식이긴 해도, 코요가 사는 장소에서는 꿈같은 이야기에 지나지 않는다.

"치사토."

그때 마루방 건너편에서 할머니가 나타났다.

"너한테 온 전화였단다."

"엄마가 전화하셨어요?"

"친구."

"……친구?"

즉시 치사토의 미간에 주름이 잡히는 것을 알 수 있다. 아무래도 원치 않는 상대인 것 같다.

"이런 곳까지 전화하는 놈이 있다니……. 이름 들었어요?"

되묻는 목소리에도 가시가 돋쳐 있고 험악한 분위기가 짙어진다. 하지만 할머니는 그런 치사토의 변화를 눈치채지 못한 것처럼 말을 이었다.

"이즈미 군이라고 하더구나. 네가 전화는 모두 거절해 달라고 해서 그렇게 했지만, 모처럼 여기까지 걸었으니 네가 다시……."

"그 녀석은 됐어요!"

"치사토."

치사토는 갑자기 언성을 높인 것을 후회하는 것처럼 눈을 내리깔았지만, 그래도 이것만은 양보할 수 없다는 듯이 말했다.

"누구에게 들었는지 모르겠지만 여기까지 전화를 걸다니……! 하여간 그 녀석은 남 괴롭히는 데는 수고를 마다하지 않네."

계속 할머니에게 고분고분했던 치사토가 방금 전화라고 하는 것을 계기로 맹렬하게 반심(叛心)을 보였다. '이즈미'라는 것이 누군지는 모르겠지만, 치사토가 어지간히 싫어하는 모양이다.

하지만 코요는 오히려 그 인물이 신경 쓰였다. 치사토의 감정이 동요된다는 것은 그만큼 가까우며 마음이 끌린다는 증거라는 생각이 드는 것이다.

"아키마사! 집 안 설명해 줄게!"

"그래도 되겠느냐?"

할머니에 대해서도 '이즈미'라는 인물에 대해서도 아무것도 하지 않아도 되겠는지 확인하기 위해 묻자, 치사토는 울상을 짓고는 주먹을 꽉 쥐고 단언했다.

"그런 재수 없는 놈, 난 몰라!"

"치사토."

타이르듯이 윤기 있는 머리를 쓰다듬자 꼭 쥔 주먹이 펼쳐진 순간에 코요의 소매를 쥐었다. 이유는 어떻든 자신을 의지한다는 느낌을 강하게 받은 코요는 더 이상 '이즈미'에 대해 치사토에게 물으려고 하지는 않았다.

＊　　　＊　　　＊

현대로 돌아오고 나서 순식간에 사흘이 지났다.

평상시라면 그냥 조용히 지나갔을 방학은 단 한 사람 때문에 놀라울 정도로 화려하게 빨리 지나갔다.

헤이안 시대와 거의 같은 생활을 하고 있었던 코요에게 현대 생활은 모두가 진기한지, 신경 쓰이는 것은 적극적으로 질문을 던졌다.

어제는 냉장고 속이 어째서 차가운지, 불이 들어오는지가 궁금했는지 잠시 열어둔 채로 안을 뚫어져라 쳐다보고 있었기 때문에 주의를 주었다.

TV를 틀자 움직이는 그림이라고 생각했는지, 몇 번이나 손을 대고 실제로 만질 수 있는지를 확인했다.

간단하게 불이 붙는 라이터의 구조를 알고 싶다고 해서 건네줬더니 하마터면 화상을 입을 뻔했다. 전화를 사용하고 싶다고 해서 십 분 넘게 시보를 들려주었다.

뭐니 뭐니 해도, 화장실을 보고 상당히 놀란 모양이다.

볼일을 보고 레버를 당기면 물이 흐른다. 비데까지 가르쳤다가는 허용 범위를 초과할 거라고 생각했지만, 코요에게는 물로 내려간다는 것만으로도 충격이었는지, 몇 번이나 레버를 당기고는 흘러가는 물을 험악한 얼굴로 응시하고 있었다(아무리 그래도 열 번을 넘겼을 때에는 말렸다).

코요에게 현대의 모든 것이 수수께끼라 확인해 보고 싶다는 욕구가 생기는 게 이해가 안 되지는 않는다. 치사토도 그쪽 세계의 여러 장소를 돌아보았기 때문에 그 기분은 안다.

그리고 치사토가 놀란 것은 한 번 설명하면 대부분의 사용법은 즉시 기억한다는 것이다. 치사토 자신은 저쪽 세계에서 마지못해 생활하고 있던 탓인지 거의 모르는 것 투성이였고 그다지 알고 싶다고 생각지도 않았다. 어쩐지 코요의 자세를 보고 있노라면 지나치게 소극적이었던 자신의 태도가 부끄럽게 느껴졌다.

하지만 아무리 그래도 기계류의 원리까지는 이해가 안 되는 것 같다. 질문을 받아도 치사토 자신이 왜 그렇게 되는지 모르는 것도 많아서, 급기야 '이 세계의 마법이야' 라고 얼버무렸다.

그래도 코요의 지식에 대한 욕구는 끝이 없다. 지금도 먹을 넣지도 않았는데 왜 글자를 쓸 수 있냐는 이야기를 듣고 치사토는 어쩔 수 없이 볼펜을 분해하다가 갑자기 손을 멈추고 큰 한숨을 내쉬었다.

"왜 그러느냐, 치사토."

"왜 그러냐니……."

이상한 이야기지만 아무리 치사토가 현대에 대해 가르쳐 줘봤자 코요가 원래 세계로 돌아간 후에 그 지식이 도움이 되리라는 생각은 도저히 들지 않는다. 아니, 본래라면 다른 세계에 다른 세계의 문화를 반입하는 건 금지된 일이 아닐까.

"……."

치사토는 코요의 옆모습을 응시한다. 할아버지의 유카타를 입고 머리를 내린 코요는 저쪽 세계에 있을 때보다 상당히 젊어 보였다. 생각해 보면, 아직 이십대 중반이었을 것이다. 치사토에게는 십 년 가까이 연상이지만, 왠지 다른 면을 보고 있는 것 같아서 이상하게 가슴이 옥죄었다.

"치사토."

"저기…… 재미있어?"

"천계 말이냐?"

"어어…… 뭐, 응, 이곳 말이야."

코요는 치사토를 똑바로 응시했다.

"보는 것 듣는 것 모두가 진기하고 흥미롭구나. 이런 편리한 것이 가까이에 있던 치사토가 나의 세상에서 잘도 짜증을 내지 않았다는 걸 고맙게 생각할 정도다."

"따, 딱히, 다른 세계라는 것도 알고 있었고……."

처음에야 TV가 없네, 휴대전화가 없네, 하고 한탄하는 때가 많았다. 그래서 이곳으로 돌아온 지금은 현대의 편리한 전기 제품과 맛있는 음식의 고마움을 잘 안다.

"확실히 편리한 세상이지만, 나는 내 나라가 제일 좋다고 생각한다."

"……."

"치사토도 그렇게 생각하고 있다고 여기는데…… 아니냐?"

아니라고 당장에라도 반박하면 될 것을, 치사토는 왠지 말문이 막혔다.

현대에 가고 싶어서 계속 짜증을 냈지만 사건 하나하나를 생각하면…… 시중을 들어준 마츠카제와 다른 궁녀들은 친절했고, 말을 탄 것도 고양이를 주운 것도 치사토에게는 좋은 추억이었다.

'……무슨 생각을 하는 거야.'

돌아가고 싶다는 생각에 사로잡혔을 때는 그 세계의 장점을 생각도 못했는데, 이렇게 돌아오고 나서 돌이켜보니 좋은 일이 더 많다니 본말전도가 아닌가.

"……여기에 당신이랑 함께 있는 것이 신기해."

"나도 천계에 올 줄은 몰랐다."

"……돌아가고 싶다고 생각하지?"

놀라울 정도로 현대에 익숙해지는 것이 이른 감이 있지만, 코요가 언제까지나 이곳에 있을 거라고는 생각할 수 없었다.

"나는 천황이다. 나의 목숨은 나만의 것이 아니고 신하도 백성도 내가 귀환하기를 기다릴 것이니라."

아니나 다를까, 코요에게는 이곳에 머물 마음은 조금도 없는 것 같다. 순수하게 치사토가 사는 세계를 알고자 하는 모습이 보여서, 오히려 더 말이 나오지 않았다.

만약 치사토가 저쪽 세계에 있을 때 지금의 코요 같은 마음가짐이었더라면…… 좀 더 부드럽게 이야기를 진행시킬 수 있었을지도 모른다. 반항적인 태도를 보이는 바람에 오히려 코요의 정복심을 부채질해서 섹스까지 하는 지경이 된 걸지도 모르지만, 그때는 아무래도 솔직해질 수 없었다.

그러나 그것도 무사히 돌아왔기 때문에 생각할 수 있는 것이다.

"나도 물어봐도 되겠느냐?"

"어?"

"이즈미…… 가 누구냐?"

"……!"

예고도 없이 나온 이름에 얼굴이 굳어버린 치사토는 곧장 얼버무리려 했지만 코요는 넘어가 주지 않았다.

"그 이름을 들었을 때 너는 당장에라도 울음을 터뜨릴 것 같더구나. 치사토, 그자가 밉거든 내 손으로 처치해 줄까."

치사토는 이것이 단순한 농담이 아니라는 것을 알 수 있다. 어디 사는 누구인지도 모르는 존재지만, 치사토가 원하면 손을 대겠다는 코요의 곧은 마음에 마음이 흔들리지 않을 리가 없다.

물론 현실적으로 이즈미를, 왕따의 주범을 처치할 수는 없지만, 그래도 그런 말을 들은 만큼 지금까지 마음 깊은 곳에 도사리고 있던 공포가 신기하게도 흐려지는 것 같았다.

"이즈미…… 그 녀석에 대해서는 딱히 이야기할 건 없어."

"일부러 저쪽에서 연락을 했는데도?"

그것은 전화를 말하는 것이리라. 이제 전화의 의미를 알고 있는 코요는 치사토가 얼버무리는 것을 용서하지 않겠다는 것처럼 응시했다.

하지만 그런 짓궂은 놈에 대해서는 생각하기도 싫다. 애

초에 남의 심적 약점을 찔러대다니 그런 비겁한 짓을──

"앗!"

"왜 그러느냐?"

"……눈……."

'잘 보이잖아.'

현대에 돌아온 것과 코요가 함께 왔다는 것을 신경 쓴 나머지, 치사토는 자신의 시력이 여전히 좋다는 데까지 머리가 돌아가지 않았다.

저쪽 세계에 가기 전에는 잠시도 안경을 벗을 수 없었는데 시력이 좋아졌다. 그것은 이상한 세계에 갔던 때의 기이한 현상 중 하나일 줄 알고, 현대로 돌아오면 당연히 다시 눈이 나빠지겠거니 당연한 것처럼 생각했지만, 실제로 지금도 눈이 잘 보이고 있다.

치사토가 가장 싫어하던 두꺼운 안경을 벗을 수 있다면 콤플렉스의 대부분은 해소된 것이나 마찬가지다. 그러나 오랫동안 똬리를 틀고 있던 비굴한 마음은 그렇게 쉽게 고쳐지는 것은 아닐 테고, 이즈미 같은 짓궂은 놈은 놀려댈 핑계를 차례로 생각해 낼 것이다.

'그리고 보니 안경도 저쪽에 두고 와버렸지.'

어디 있는지 몰라 어쩔 수 없이 두고 와버린 모양이지만, 지금의 시력이라면 안경은 전혀 필요 없었다.

"······조금은 좋은 일도 있었을지도."

"좋은 일이 있었느냐?"

치사토는 그 말에 순순히 고개를 끄덕였다. 솔직하게 감사 인사를 하는 것이 좋을까, 아니면······. 치사토는 망설이면서 코요의 얼굴을 힐끔 훔쳐보았다. 자신의 의식이 바뀐 탓인지 낯선 유카타를 입고 머리를 내린 코요는 아무래도······ 무심코 멋지게 보이는 것이다.

'돌아와서 마음의 여유가 생겼는지도······.'

다급한 상황이라 상대방의 행동의 결점에 더 눈이 가고 있던 그때와 달리 지금은 내면과 외모도 보게 될 것일지도 모른다.

"치사토."

"어?"

시선이 마주친 순간, 코요는 즐겁게 눈을 가늘게 뜨고 미소 지었다.

"······으으응!"

다음 순간에는 몸을 내민 코요가 뒤통수를 움켜잡고 끌어당기는 형태로 입술이 포개졌다.

'가, 갑자기!'

현대에 돌아와서 한 첫 키스다.

할머니도 계신 집에서 설마 이런 상황이 될 줄은 몰랐다.

그 순간 놀라는 바람에 저항하는 것도 잊었던 치사토는, 얼른 떨어지기 위하여 몸을 빼려고 했다. 하지만 단단히 잡힌 머리는 움직이지도 않고, 심지어 맞대고 있기만 하던 입술 사이로 억지로 비집고 들어온 혀가 마치 자기 것인 것마냥 치사토의 입안을 헤집기 시작했다.

"응……!"

분하지만 이미 익숙해진 코요와의 키스로 치사토의 쾌감 포인트가 정확하게 자극되어 금세 몸이 뜨거워졌다.

무의식중에 허리를 들먹거린 것을 눈치챘는지 포개진 코요의 입술이 웃은 것만 같아서 치사토는 퍼뜩 정신을 차리고 상대의 이마를 밀었다.

"왜 그러느냐."

"~윽."

치사토는 벌써 몸에 불이 붙기 시작하고 있는데 코요의 모습은 겉으로 보기에 평소와 다르지 않다. 아니, 굳이 따지자면 치사토가 초조해하는 모습을 여유를 가지고 즐겁게 바라보고 있기 때문에 배겨낼 수 없었다.

'나를 이런 식으로 만들어놓은 건 당신이잖아!'

키스 하나로 욕정에 빠질 줄은, 코요와 만나기 전까지는 상상도 하지 못했던 일이다. 아니, 심지어 섹스는커녕 사람을 좋아하게 되는 일도 없을지도 모른다는 생각까지 했던 치사토에게 있어서, 자신의 몸이 야하게 변화하는 것은 정말이지 부끄럽고 인정하고 싶지 않은 일이다.

그런데 코요는 너무도 쉽사리 치사토를 타락시키려고 든다. 부추기고 어리광 부리게 하여 코요에게서 벗어날 수 없도록 만들려는 것처럼 점점 깊이 발을 들였다.

저쪽 세계에서는 어떻게든 돌아오고 싶어서 섹스도 견뎌냈다. 겨우 돌아왔으니 이전과 변함없이, 아니, 원래대로 생활할 예정이었다.

'아키마사가 있으면 전혀 안 되잖아!'

아무리 치사토 자신이 그렇게 생각하고 있어도 눈앞에 코요가 있으니까 어쩔 수 없다.

한번 섹스를 기억한 신체는 쾌감을 막무가내로 탐욕스럽게 요구한다.

일단 할머니 앞에서는 손을 대지는 않았지만, 앞으로 이렇게 남들 눈을 피해 야한 짓을 한다면, 그것을 피할 수단도 의사도, 지금의 치사토에게는 마땅치 않았다.

"입맞춤 정도로 그렇게 사랑스러운 얼굴 하지 말거라. 언제 어디서 너의 색향에 이성을 잃은 놈이 덮칠지도 모르는 노릇이니 말이다."

"그, 그럴 리가 없잖아!"

아무리 현대에서는 남성 간 연애가 일반적이지 않다고

설명해도 실제로 치사토와 섹스까지 한 코요에게는 아무런 억지력도 안 되는 것 같다.

정말 어떻게 하면 좋을까.

젖은 입술을 손등으로 벅벅 닦은 치사토는 힘차게 일어섰다.

"나, 밖에 나갔다 올게!"

어쨌든, 지금은 머리에 치솟은 피와 달뜬 하체를 식히기 위하여 코요에게서 떨어지는 것이 좋다. 그렇게 생각하고 말을 꺼냈는데 눈앞의 상대까지 일어났다.

"……뭐야?"

"나도 가마."

"뭐어? 그런 건 무리라니깐!"

집안에서는 일단 문제없이 생활하고 있는 것처럼 보이지만, 한 걸음 밖으로 나간다면, 아무리 코요라도 그야말로 기절초풍할 것이다.

시골이라고 해도 인구는 나름대로 있고 고층 건물도 있다.

휴대전화로 통화하면서 걷는 사람과 바쁘게 흘러나오는 음악.

자동차도 기차도 오토바이도 자전거도. 평범하게 생활하는 사람에게는 일상적인 풍경으로 보고 넘길 수 있지만,

코요는 다르다.

유카타를 입고 머리를 뒤로 하나로 묶고 있는 그 모습은 언뜻 보면 모델처럼 스타일이 좋아 남들이 기피한다기보다는 오히려 주위의 시선을 모을 것이다.

그래도 어쩌면 그중에 코요의 위화감을 깨닫는 사람이 나타날지도 모른다. 그런 상대에게 정직하게 이야기해도 도대체 누가 다른 세계에서 온 사람이라는 것을 납득해 줄까.

그것을 생각하면 치사토는 자그마한 위험도 무릅쓰고 싶지 않았다.

"왜 무리라는 게냐? 나는 네가 사는 천계를 더 알고 싶다고 생각한다만."

"알아서 어쩔 건데? 원래 세계로 돌아가지 않을 생각이야?"

"아니. 우리나라에 돌아갔을 때, 조금이라도 이 천계의 문화를 도입하면 너도 외롭다고 생각지는 않을 것 아니냐."

"……!"

설마 그런 말을 할 줄은 몰랐던 치사토는 말을 잇지 못했다.

믿을 수 없지만, 아니, 코요에게는 당연한 일인지도 모르지만 그가 돌아갈 때는 치사토도 동행하는 모양이다. 그리고 고향을 떠나 쓸쓸해하는 치사토에게 이 현대 문화를 모방하여 그 외로움을 덜어주겠다─라고.

'어째서 거기까지…….'

왜 그런 생각까지 하는지 이해가 되지 않았다.

전혀 다른 세계에 살고 있으니 애초에 만난 것이 비정상이라고 그 시점에서 포기하면 간단한 일이다.

치사토는 자신의 감정에 응해주지 않는 상대는 생각할 수도 없다.

자존심 강한 코요가 이렇게까지 자신을 아껴주고 있다고 생각하면, 필사적으로 마음과 몸을 되돌리려는 치사토가 잘못된 것처럼 보이기까지 한다.

"……."

치사토는 다시 앉았다. 기분 전환을 하고 올 작정이었지만, 잘 생각해 보면 이 집에 할머니와 코요를 둘만 남길 수도 없는 노릇이다.

동요한 마음은 자신이 어떻게든 다스리면 된다.

"역시, 안 나갈래."

"괜찮겠냐?"

"응…… 아."

그때 마치 타이밍을 맞춘 것처럼 전화가 울렸다. 할머니는 아까 밭에 나갔기 때문에 치사토가 직접 받으려고 서둘러 복도로 갔다. 마치 덩치 큰 병아리 새끼처럼 코요가 그 뒤를 따라왔지만 일일이 꾸짖는 것은 그만두기로 했다.

"예, 코미야입니다."

수화기를 들고 그렇게 말하자, 왠지 수화기 너머로 숨을 삼키는 기색이 전해졌다.

"여보세요?"

할머니 집에 전화가 왔다는 것은 아는 사람일 것이다. 할머니 혼자 사는데 갑자기 치사토가 전화를 받아 상대를 놀라게 한 것일까.

"저기……."

"……코미야?"

"네?"

확인하듯이 이름을 부르는 목소리에 치사토는 그 목소리의 주인을 필사적으로 떠올렸다. 알고 있는 것 같기도 하고, 귀에 익지 않은 목소리인 것 같기도 하다. 전화 목소리라서 못 알아듣는 건지도 모르겠지만, 이 젊은 목소리는……

"어…… 아, 잠깐?"

"나야, 안경잡이"

"!"

이번에는 즐겁게 웃으며 그렇게 부르자, 치사토는 놀라

서 수화기를 떨어뜨릴 뻔했다.

'어, 어째서?!'

들은 적 있는 목소리 같다고 생각한 것은 당연하다. 한 학기 동안 '안경잡이, 안경잡이'라고 놀린 이즈미 아키미츠(和泉彰光)의 목소리였다. 전화로 대화한 적이 별로 없기 때문에 조금 위화감이 있었지만, 침착하게 생각하면 그 심술궂은 목소리 그 자체라고 확신할 수 있었다.

그런데 이즈미는 어떻게 할머니 집의 전화번호를 알고 있는 것일까. 처음 걸려 왔을 때는 어쨌든 전화를 끊고 없었던 일로 치겠다는 생각에 사로잡혔고, 어차피 이즈미도 바보 취급하고 있는 치사토가 반항하면 금세 다른 일에 관심을 돌리고 잊어버릴 거라고 생각했다. 그러나 이렇게 두 번째 전화를 받자 이즈미의 존재감이 머릿속에서 부풀어 올랐다.

애초에 학교 관계로 집 전화번호는 알지도 모르지만, 개인적으로 휴대전화 번호도 교환하지 않은(한 번 멋대로 등록되었지만 곧장 삭제했다) 이즈미가 할머니의 집을 알고 있다니 평범하게 생각하면 무섭다.

"야."

일 학기까지의 자신이라면 한심스럽게도 이 목소리를 듣기만 해도 긴장한 나머지 눈물이 나서 곧바로 전화를 끊었을 것이다. 하지만 코요라는 남자를 만나 변덕스러운 폭군과 내내 다툰 덕분인지, 신기하게 이대로 도망친다는 방법을 취하고 싶지 않았다.

"……왜 여기를 알고 있는 거야?"

"어?"

치사토가 되묻자, 이즈미는 웬일로 당황한 목소리를 낸다. 치사토 쪽에서 이런 식으로 말을 걸 줄은 생각도 못했는지도 모른다.

"이 전화번호, 누구한테 들었어?"

"……너희 어머니한테서."

"엄마가?"

아무래도 이즈미는 치사토의 친구라고 거짓말을 하면서 같이 놀고 싶다고 전했던 모양이다. 분명 평소에 치사토가 친구들과 놀지 않는 것이 걱정된 어머니는 그 말을 듣고 할머니 집의 전화번호를 기꺼이 가르쳐 줬으리라.

교활한 이즈미는 휴대전화에 직접 걸었다가는 거부하리라고 예상하고 있었던 것이 틀림없다. 치사토는 이즈미에게 자기 행동패턴이 파악당한 게 어쩐지 부아가 치밀어서 입안에서 혀를 찼다.

"무슨 일로 전화했는지는 모르겠지만 다시는 걸지 마. 나, 네 목소리 듣고 싶지 않으니까."

"코미야."

"왜, 평소처럼 안경잡이라고 그러지?"

방학이 끝나고 다시 학교에 갔을 때, 치사토는 더 이상 그 두꺼운 안경을 쓰고 있지 않을 것이다. 놀라서 얼이 빠진 이즈미의 얼굴을 빨리 보고 싶다는 생각까지 하고 있는 참에,

"치사토."

코요가 바로 귓가에 이름을 속삭이자 치사토의 어깨가 흠칫 떨렸다.

"아, 아키마사."

옆에 코요가 있었다는 것을 떠올리고 무심코 이름을 중얼거린 후 황급히 수화기를 막았다.

이즈미에게 코요의 이름을 알리고 싶지 않았던 것이다.

"야, 아키마사가 누구야?"

하지만 이즈미는 치사토의 말을 캐치했는지, 왠지 목소리 톤을 낮추어 가시 돋친 목소리로 되물었다.

"치사토, 상대는 누구냐?"

옆에 있는 코요까지 수화기를 쥔 치사토의 손을 잡고 말했다. 어느 쪽이 무서운가 하면, 비교할 필요도 없다.

"아, 아무것도 아니라니깐."

자신에게 강한 집착을 갖고 있는 코요에게 좋은 데라고

는 하나도 없는 이즈미를 설명할 말도 없다. 치사토는 최대한 전화를 빨리 끊으려고 빠르게 말했다.

"이제 다시는 전화하지 마!"

"……너, 알고 있어?"

그대로 수화기를 귀에서 떼려고 했지만 들려온 이즈미의 말에 퍼뜩 손을 멈추고 만다.

"뭐, 뭐야?"

"내가 할머니네 전화번호밖에 모를 줄 아는 건 아니겠지?"

"어……."

"내일 그쪽으로 갈 테니까, 그 아키마사랑 같이 기다리고 있어."

"야!"

무슨 소리냐고 되묻기도 전에 그쪽에서 일방적으로 전화를 끊어버렸다. 치사토는 수화기를 잡은 채 잠시 멍하니 서 있었다.

'내일 온다고?'

치사토를 괴롭히려고 일부러 이런 시골까지 오겠다는 말인가. 그렇게까지 미움받고 있구나 생각하면 풀이 죽어서, 울고 싶지 않지만 눈물이 배어나올 것 같았다.

이즈미의 말이 거짓말이라고 단언할 수는 없었다. 입담

이 좋은 이즈미라면 할머니의 집 전화번호를 물어보면서 그 이야기를 하는 김에 어디에 살고 있는지 캐내기도 쉬웠을 것이다. 그것을 들었다고 해서 정말 찾아올 생각은 없었을지도 모르지만, 대체 어떤 심경인지 이즈미는 여기로 오겠다고 확실하게 단언했다.

아마 이즈미는 진심일 것이다. 잽싸게 집으로 돌아가면 만나지 않아도 되지만, 코요를 데려가는 것은 아무리 생각해도 무리였다.

"여기로 온다고 했으렷다."

코요에게도 분명히 들렸던 것 같다. 그가 확인하듯이 말하자, 이제 와서 숨길 수도 없는 치사토는 고개를 끄덕였다.

"누구냐."

"……그냥 좀."

"좀? 너와는 어떤 관계지?"

"관계라니…… 그냥 함께 공부하는 놈……."

"함께?"

"무, 물론 그 녀석 이외에도 많이 있지만!"

단둘이 아니라고 해도, 이제 와서 수습할 수 없을지도 모른다.

코요가 이즈미를 어떻게 생각하고 있는지도 물론 신경이

쓰이지만, 그 이상으로 내일 온다는 이즈미를 어떻게 하면 좋을는지 생각하면 생각할수록 초조해진다.

"나도 어떻게 하면 좋을지 모르겠다고……."

"치사토."

'어쩌지…….'

적어도 낮 동안만이라도 어디 가 있을까.

혼란스러운 머리를 정리하기 위해 안간힘을 쓰던 치사토는 코요가 눈을 가늘게 뜨고 자신을 보고 있다는 것을 전혀 깨닫지 못했다.

＊　　　＊　　　＊

이즈미—

이름만 들어서는 남자인지 여자인지 알 수 없었지만, 치사토의 이야기를 듣자하니 아무래도 남자인 모양이다. 그것도 치사토와 나이는 그리 차이나지 않는 것 같다.

놈이 치사토에게 어떤 존재인지는 모르겠지만 목소리를 듣기만 해도 심하게 동요하는 것을 보면, 대단히 관계가 깊은 것 같았다.

생각해 보면 하늘에서 내려와 함께 살던 때도, 이곳 천계로 돌아온 지금도 치사토의 입에서 할머니 이외의 이름을 들어본 적이 없다. 치사토에게 특별한 존재가 없다는 데 안도하고 있었지만, 갑자기 튀어나온 '이즈미'라는 남자에 코요 자신도 크게 동요하고 말았다.

상대가 어떤 작정으로 연락하고 여기까지 오는지는 모르겠지만, 이유가 무엇이든 치사토에게 접근하려는 자를 경솔하게 곁에 맞이해 들일 수는 없다. 아니, 치사토가 누구 것인지 이 기회에 알리는 것이 좋을까?

먼저 목욕을 마친 코요는 다다미방에 깔린 침구 위에 앉아서 골똘히 생각에 잠겨 있었다.

"……."

잠시 후 복도로 이어지는 미닫이가 열리고 치사토가 안으로 들어왔다. 여기에는 치사토의 방도 있는 것 같지만, 할머니가 코요를 돌보라고 처음부터 침구가 두 개 나란히 놓았다. 하지만 손을 잡는 것조차 하지 않는다.

할머니는 일찌감치 잠드는 데다 방도 여기에서 꽤 떨어져 있어서 치사토가 아무리 목소리를 높여도 눈치챌 우려는 없을 것 같았다. 애초에 두 사람은 부부 사이니 그 행위를 남이 안다고 해도 코요는 아무렇지도 않다. 수치심이 강한 치사토는 할머니가 계신 곳에서 코요에게 안기기 싫다고 떼를 쓰고 있었지만, 이런 때이기 때문에 더욱 그 몸에 자신의 존재를 단단히 각인해 두고 싶다.

낮의 그 일도 있어서 그런지 치사토는 어색한 표정으로 말없이 자신의 잠자리에 들어가려고 한다. 물론 그렇게 마음대로 하게 놓아둘 생각은 없는 코요는 순간적으로 손을 뻗어 치사토의 팔을 단단히 잡았다.

"뭐, 뭔데."

반항하는 목소리가 평소보다 작다. 무슨 사양할 일이 있는지, 아니면 '이즈미'를 생각하고 있는지. 코요는 비난하는 의미를 담은 미소를 띤다.

"벌써 자는 게냐."

"그, 그럴 건데."

"……."

"이 손, 놔줘."

"그렇게는 못하겠다."

즉시 대답을 하자, 치사토는 억지로 손을 빼려고 하다가 잡힌 손뿐만 아니라 다른 한쪽까지 동원해 코요의 손을 떼려고 했다. 그러나 그런 힘은 코요에게는 전혀 문제가 되지 않아, 오히려 잡아 당겨서 자신의 몸 아래에 품었다.

"치사토."

"아, 아키마사!"

할머니가 걱정되는지 작은 소리로 비난하는 치사토의 얼굴을 내려다보며 코요는 보드라운 머리카락을 쓰다듬었다.

"벌써 몇 날 밤 동안 너를 안지 않았다고 생각하느냐?"

"……여, 여기는 너네 나라가 아니거든? 전에도 말했지만, 여기에서는 남자끼리 그런……."

"나는 너를 아내라고 생각하고 있다. 남편이 아내를 안는 것은 천계에서도 변함없는 이치라고 생각한다만, 내가 틀렸느냐."

치사토가 저항하는 유일한 이유가 성별이라면 그야말로 웃어넘기겠다. 코요에게는 치사토가 남자라는 것은 아무런 상관도 없다. 그 존재 자체가 사랑스러워 언제든지 정욕을 품게 하는 것이다.

"네가 누구 것인지 잊지 못하도록 새겨주마. 몇 번이라도 며칠 밤이라도."

둥글고 작은 조개 같은 것을 구멍에 넣어 여민 옷을 벗기자 곧바로 하얗고 싱싱한 피부가 나타난다.

"부, 불! 꺼!"

"왜지? 이렇게 밝은 가운데 너를 안는 것도 재미있을 것 같다만."

"아키마사!"

아키마사의 나라에서는 아무래도 등잔불이기 때문에 구석구석까지 볼 수 없지만, 이 세상의 빛은 밤에도 놀라울 정도로 선명하게 보인다. 돌아갈 때 이것도 함께 가져가고 싶을 정도로 마음에 든 천계의 문명이다.

초조해하는 치사토를 달래듯이 가슴을 손바닥으로 쓱 쓸자 그것만으로도 민감한 신체는 크게 떨리고 조르듯이 가슴을 내밀었다. 벚꽃 잎 같은 가슴의 돌기를 입에 머금고 혀로 더듬거리자 그것은 곧바로 존재를 주장하듯이 자랐다.

"안 돼애……."

"무엇이 안 되는 거지? 너의 몸은 기뻐하고 있는데 말이다."

가슴의 돌기를 입에 머금은 채 말하는 탓인지 그 숨결조차도 피부를 간질여서 치사토를 느끼게 하는 것 같다. 코요는 전율하는 피부를 손바닥으로 느끼고 그대로 속옷 속으로 손을 쑥 집어넣었다. 여기에서는 몸에 맞는 속옷을 입는 모양이라 곧바로 사랑스러운 음경을 만질 수 없지만, 빡빡하게 조이는 그 안에 억지로 손을 쑤셔 넣는 것도 신선한 감각이었다.

"왜 그러느냐? 싫다고 하면서도 너의 남근은 이미 자라기 시작하는구나."

"……!"

그 말은 거짓말이 아니라, 자신의 손바닥을 힘차게 밀어내는 부드러운 음경의 열을 희롱하듯이 손가락으로 자극하자, 치사토의 손이 등 뒤로 뻗어 유카타를 강하게 잡았다. 매달리는 행동은 기쁘지만 이래서야 너무 가까워져서, 치사토가 느끼는 표정은 선명하게 보일지라도 신체의 변화를 관찰할 수 없다.

모처럼 치사토가 태어난 세상에서 안는 것이다. 자신을 노리는 적도 없고 주위에 신하의 눈도 없다. 지금까지 안았을 때도 섹시하게 울었던 치사토지만 이곳이기에 더 느끼는 것은 아닐까.

코요는 작은 미련을 남기면서 속옷에서 손을 빼고 치사토의 팔을 당겨 몸을 일으킨다. 갑자기 애무하던 손을 멈춘 코요가 의아한지 치사토가 젖은 눈동자를 돌렸다.

'이러고도 싫다니…… 아무리 시간이 지나도 참으로 솔직하지 않구나.'

이렇게 유혹하는 눈빛으로 보면서 치사토 본인은 성교를 싫어한다.

자기는 바라지 않았다며 뻔한 허풍을 친다.

차라리 자신의 눈을 도려내 지금 치사토가 어떤 표정을 하고 있는지 본인에게 보여주고 싶다. 하지만 도저히 그렇게 할 수 없기에 이쪽만 요구하고 있는 것처럼 여겨지는 데 대한 초조감을 품고 그만 심술궂은 짓도 하고 만다.

'이 세상에서도 치사토를 안으면 조모님에게 이미 그 몸이 깨끗하지 않다는 것을 알릴 수 있겠지. 그러면 치사토를 데리고 나의 나라로 돌아가기도 수월해질 것이다.'

몸도 마음도 깨끗한 사람만이 살고 있을 천계. 하지만 치사토는 사랑스럽고 청초한 겉모습과는 정반대로, 코요에게 안긴 그 몸은 요염하고 음란하게 남자를 유혹하는 농간을 무의식적으로 섭렵하고 있다. 이런 존재를 어떻게 이대로 천계에 놓아두겠는가. 육욕이 없는 성인군자인 천인들도 분명 이 신체에 빠져들리라.

코요는 자신의 띠를 잽싸게 풀고 어깨 아래로 옷을 스르륵 벗었다. 그 나신을 보고 치사토의 눈동자에 음탕한 빛이 피어난다.

"나를 원하느냐."

"그, 렇지 않……."

간신히 말로만 거절을 하려고 해도, 아래에 깐 하반신의 가느다란 다리는 마치 손짓을 하듯이 서서히 벌어지고 있다.

"어서, 안쪽 깊숙이까지 내 물건을 힘껏 찔러 넣기를 바라느냐?"

"아, 키마, 사."

"원한다고, 그 사랑스러운 입으로 말해봐라."

"……!"

치사토는 반사적으로 벌어지려던 입술을 경이적인 이성으로 앙다물더니, 애처롭게 입술을 깨물고 눈을 돌렸다.

하지만 이쯤 되면 치사토가 함락될 것은 뻔히 보인다.

예를 들어,

"앗, 으응!"

손가락을 뻗어 솟아오른 가슴의 돌기를 잡자, 허리가 활처럼 휘면서 충격에 견딘다.

"아, 안 돼, 싫어어!"

다른 한 손으로 미성숙한 음경 아래의 자그마한 구슬을 쥐고 주무르자 흐느끼듯 소리치며 두 다리로 팔을 끼었다. 부드러웠던 그것은 손바닥 안에서 서서히 단단해지고, 마치 치사토의 쾌감이 얼마나 큰지를 나타내듯이 지금 당장에라도 터질 것처럼 팽팽해졌다.

"왜 그러느냐? 벌써 가고 싶으냐?"

"아, 니야……."

치사토는 쉽게 함락되는 것이 억울한지 필사적으로 견디며 이부자리의 천에 주름이 잡힐 정도로 강하게 쥐었다.

'참을 필요가 어디 있겠느냐.'

요염한 모습을 다른 남자에게 보이는 것은 물론 참을 수 없지만, 자신 앞에서라면 얼마든지 추잡하게 흐트러져도 상관없다. 쾌락에 약한 몸은 이제 언제든지 코요의 지배하에 둘 수 있었다.

흰 천 위에서 매끄럽고 하얀 치사토의 피부가 요염하게 꿈틀거리고 있다. 오똑 선 가슴의 돌기도 바들바들 떠는 날씬한 아랫배도 성근 덤불 사이에서 솟아오른 남근도 모두 치사토가 지금 쾌감을 견디고 있다는 것을 가르쳐 주고 있었다.

좀 더 자극을 주면 치사토는 싱겁게 절정을 맞이하리라. 코요도 며칠 만에 뜨거운 치사토의 속살을 맛보고 싶어서 마음이 조급했지만, 매혹적인 음영을 만들어내는 불빛 아래에서 더욱더 치사토를 느끼게 하고 싶었다.

두 개의 주머니에서 손을 뗀 코요는 손을 다리 사이에서 빼내고 이번에는 아담한 남근의 뿌리 부분을 조이듯이 손가락으로 고리를 만들어 움켜쥐었다.

"……큭."

코요는 고통에 눈썹을 찡그리는 그 변화를 관찰하면서 투명한 이슬로 젖어 있는 치사토의 것을 서슴없이 입에 물었다.

"우와악, 안, 그, 만!"

이미 지금까지 몇 번이나 한 행위인데도 언제든지 치사토는 수줍어하면서 벗어나려고 몸부림친다. 그 반응이 매번 신선하고 재미있다고 생각하는 자신은 치사토가 말한

대로 심술궂은지도 모르지만, 그것도 치사토가 귀엽기 때문이라 그만둘 생각도 없다.

입안의 존재는 즉시 코요의 입 속에서 날뛰며 어서 정을 쏟아내고 싶다고 달콤한 꿀을 하염없이 흘렸다. 코요는 그 꿀물을 혀로 핥고, 끄트머리의 구멍에 빳빳하게 세운 혀를 대고 자극하며 더욱 쾌감을 높여갔다.

"아, 아직 멀었어?"

빨리 해방되고 싶은 치사토는 벌어진 입으로 지금까지 필사적으로 죽이고 있던 목소리를 흘리면서 코요에게 해방을 졸랐다.

이제 슬슬, 한 번 토해내게 해주자.

코요는 단번에 분신을 빨고 주머니를 조물조물 비볐다. 그 순간, 코요의 입안에서 뜨거운 물보라가 흩어졌다.

'……달콤하구나.'

언제 맛보아도 치사토의 꿀물은 감로 같아 코요는 한 번 핥을 때마다 취하고 만다. 치사토에게도 자신의 그것이 똑같이 느껴진다면 좋으련만……. 그렇게 생각하면서 겨우 분신을 입 밖에서 내보내고는 코요는 가만히 치사토의 얼굴을 바라보며 젖은 입술을 혀로 핥았다.

아직 애무 받는 느낌이 드는지 붉게 물들었던 뺨이 더 진하게 물들었다.

"치사토."

재촉하듯이 뺨을 살짝 쓰다듬자 치사토는 어색하게 외면했다. 그러나 사정 후 힘이 빠져 버린 몸을 천천히 일으켜 코요 앞에 무릎을 꿇었다. 치사토에게 잘 보이도록 한쪽 무릎을 세우자 중심에 있는 코요의 분신도 이미 열을 머금고 서 있었다.

치사토를 귀여워하기만 해도 이런 식으로 되어버리는 것은 한심하지만, 사랑하는 아내의 치태를 보면서도 아무렇지 않을 남자는 아무도 없으리라.

"치사토."

다시 한 번 재촉하자 머뭇머뭇 내민 손이 조심스레 남근으로 뻗었다. 치사토의 작은 손으로는 당연히 미처 다 감지 못할 정도로 큰 그것이 이번에는 작은 머리 속으로 묻혀 간다.

양손으로 코요의 분신을 잡은 치사토는 작은 입을 힘껏 벌려 그것을 입에 물고 천천히 빨기 시작했다.

"그래, 좋구나, 치사토."

치사토의 구음(口淫)은 가끔 치아가 닿거나, 목의 너무 안쪽에 넣는 바람에 막혀서 괴로워하는 등, 언제까지라도 익숙해진 모습을 보이지 않지만, 정성을 다하는 모습을 보는 것은 즐거웠다. 아니, 괴로운 듯 미간에 주름을 잡고 눈물이 맺힌 채로 흉악한 자신의 양물을 물고 있다는 지배욕이 충족되어, 자신을 깊이 생각해 주고 있는 것은 아닐까 하고 마음이 들끓는다.

"응, 응 으, 흐윽."

"……큭."

서투른 자극과 치사토의 표정이 어우러져 분신은 점점 단단하고 굵어졌다. 안 그래도 전부 들어가지 않던 그 큰 것은 계속 벌어져 있는 치사토의 입술을 타고 흐르는 타액과 끝없이 나오는 꿀을 두르고 미끈미끈 음란한 광택을 띤다. 코요는 치사토의 부드러운 뺨을 양손으로 누르고 천천히 허리를 앞뒤로 흔들었다.

"후…… 으응."

눈앞에 보이는 기둥에는 굵은 혈관이 떠올라, 마치 자신과는 다른 생물이 아닌가 싶을 정도로 불규칙하게 꿈틀대고 있다.

코요는 갑자기 치사토의 입에서 자신의 분신을 빼냈다. 검붉은 말뚝 끝은 이미 하염없이 넘치는 점액으로 젖어 있었다.

"치사토."

한손으로 기둥을 잡고 가볍게 흔들자 치사토는 말없이 고개를 기울이고 뒤쪽으로 혀를 움직였다.

"……으읍."

쭉 빨아들이더니 이어서 또 다시 입안에 물었다. 치사토는 흘러나오는 이슬을 빨고 동시에 기둥에 바르듯이 혀로 핥으면서 몇 번이고 머리를 위아래로 움직여 분신을 자극하였다. 그 움직임에 맞추어 코요도 허리를 움직이고,

"후읍!"

끝을 목구멍으로 자극하여 그대로 욕망을 쏟아냈다.

치사토는 예고 없던 사정에 당황해서 입에서 양물을 꺼냈지만, 그 바람에 끝이 치아에 닿아서 치사토의 얼굴에 잔재가 뿌려졌다.

"뭐…… 야?"

"……잘 어울리는구나."

자신이 토해낸 것을 얼굴로 받아들여 준 것이 기뻐서, 코요는 눈을 가늘게 뜨고는 엄지손가락으로 뺨과 입술에 묻은 흰 얼룩을 닦아주었다.

"이것만으로는 부족하겠지?"

"……."

이미 치사토는 쾌락밖에 머릿속에 없을 것이다. 젖은 눈으로 이쪽을 보고 있는 표정은 이미 육욕에 빠져 있음을 알려주었다.

분명 지금 치사토를 바라보는 자신의 얼굴도 같은 표정

을 하고 있으리라. 치사토가 갖고 싶어서 견딜 수 없다. 여기가 천계라도 치사토가 자신의 것이라는 것에는 변함이 없다.

코요는 치사토를 이부자리 위에 드러눕히고, 한쪽 발목을 들고 한껏 벌렸다. 아직 얌전하게 닫혀 있는 봉오리. 하지만 그 색은 진하고 표면은 치사토가 흘린 이슬과 코요의 타액에 의해 젖어 있다.

아마 이 상태로 삽입하면 고통이 더 크겠지만, 자신 이외의 남자에게 마음이 흔들린 벌로서 강렬한 인상을 심기에는 그 아픔마저도 안성맞춤이다.

방금 전에 욕망을 쏟아냈건만 여전히 건재한 자신의 분신을 봉오리에 대고 애 태우듯이 주위에 비비자 치사토는 뻗은 양팔로 어깨를 잡고 힘껏 끌어당기면서 애원했다.

"어, 서!"

"원하나?"

"으, 응."

"무엇을, 원하느냐?"

"아, 아키마사의, 그, 거!"

허리를 띄우고, 어떻게든 자신의 분신을 삼키려 하는 행동이 사랑스럽다.

코요는 절로 새어나오는 미소를 참지 못하고, 다른 손으로 허벅지 뒤쪽을 꽉 누르고 단번에 끝 부분을 박았다.

"흐아앙!"

내려다보이는 눈에서 눈물이 주르륵 흘렸다.

"아프냐?"

"……응 ……흐 ……으흐 ……윽."

치사토는 좀처럼 말이 되지 않는 신음 소리를 내면서도 고개를 젓지 않았다.

"기, 분…… 좋아."

"치사토!"

"아키, 마사…… 앗."

이렇게 요구하면서 어째서 치사토는 낮에는 그리도 무정한 걸까. 그것이 천성이라고 알고 있으면서도 더욱더 몸을 맞대고 언제든지 사랑의 말을 나누고 싶은 코요에게는 어쩐지 주체할 수 없을 정도로 부족했다.

할 수만 있다면 하루 종일 이 가녀린 몸을 안고 달콤하고 뜨거운 안쪽을 맛보고 싶다.

치사토의 안에 넘칠 정도로 욕망을 내뿜고 몸 안도 모두 나의 색으로 물들여 버리고 싶다.

"아, 앗, 아훗, 으응!"

하지만 그럴 수 없기 때문에, 코요는 언제든지 치사토에 굶주려서 계속 탐하는 것이다.

"치, 사토, 치사토!"

코요는 부를 때마다 정이 깊어지는 이름을 말하면서 치사토의 몸속을 계속 범했다. 바짝 조이는 내벽을 억지로 넓히고, 휘감겨드는 주름을 가차 없이 뿌리치면서 몇 번이나 몇 번이나 피스톤 질을 반복하다가,

"흐아아앙!"

꾸욱 하고 한층 강하게 깊숙한 곳에 침입한 순간 치사토는 자신의 욕망을 쏟아내고, 뜨거운 그것은 코요의 아랫배에서 다리까지를 끈적끈적하게 적셨다.

그래도 움직임을 멈추지 않고 허리를 움직이자 막 절정에 달한 치사토의 내벽이 쥐어짜듯이 분신을 조여온다. 코요는 그 자극에 견디지 못하고 치사토 안에 뜨거운 물보라를 뿌렸다.

"……허, 허억, 허억."

"……."

경쾌한 풍경 소리 속에서 서로의 숨소리가 묘하게 크게 울린다.

코요는 체중을 싣지 않으려고 자기 몸을 팔꿈치로 지탱하고는 그 아래에서 연거푸 밭은 호흡을 반복하는 치사토를 내려다보았다.

땀 때문에 이마와 뺨에 머리카락이 달라붙고 몸은 갖가

지 액체로 젖어 있다. 그러나 이상하게 치사토의 청렴한 아름다움은 손상되지 않았다.

이런 때, 아무리 안아도 치사토가 완전히 자신의 것이 되지 않는다는 것을 통렬하게 느낀다. 아무리 욕망으로 몸 안과 밖을 다 물들여도 치사토는 언제든지―손이 닿지 않는 깨끗한 존재다.

"⋯⋯치사토."

코요는 가만히 이름을 중얼거리고 그 목덜미에 얼굴을 댔다. 젖은 살갗을 핥자 그 땀마저도 이상하게 달콤하다.

"⋯⋯아야."

문득 생각이 들어서 빨아들이듯이 입맞춤을 하자, 통증을 느꼈는지 치사토가 작게 아파하는 소리를 냈다. 솔직한 반응이 즐겁다.

이렇게 피부를 빨면 그 자국이 선명한 분홍색으로 남을 것이다.

'누가 봐도 내 것이라고 알겠지.'

내일 '이즈미'라는 남자가 온다. 치사토와 같은 나이라는 그 남자는 코요에게는 어린애나 마찬가지다. 게다가 아무리 상대가 천인이라고 해도 천황과 평민이라면 신분도 하늘과 땅만큼 다르다.

게다가 치사토에 대한 사랑이 질 거라는 생각도 안 한다.

아니, 치사토가 아무리 싫어하더라도 놓아줄 생각은 없다.

"치사토."

다시 한 번 이름을 부르고 이번에는 가슴보다 약간 위에 입맞춤을 떨어뜨린다.

"아, 키, 마사?"

"자도 괜찮다."

"응⋯⋯."

고분고분하게 눈을 감는 치사토를 보고 웃고, 이후에도 흰 피부에 자신의 표식을 새기는 데 열중했다. 이상하게도 아무리 시간이 지나도 질리지 않았다.

＊　　　＊　　　＊

'⋯⋯저질렀다⋯⋯.'

낯선 세계로 날아가 자신의 몸을 지키기 위해, 그리고 원래 세계로 돌아가기 위해, 꾹 참고 남자인 코요에게 안겼다. 원래 동성끼리의 섹스나 연애 따위 생각한 적도 없는 치사토에 있어서, 그것밖에 방법이 없었기 때문에 어쩔 수 없던 것이다.

마지못해서 안겼는데, 수도 없이 안기는 사이에 치사토의 몸은 스스로도 알 수 있을 정도로 변해 버렸다. 싫다고 생각하는데, 이상하다고 생각하는데, 코요가 만지면 아무래도 느껴 버리는 것이다.

완전히 탈바꿈한 몸을 자각했기 때문에 돌아오고 싶다는 소원이 더 강해졌다고 해도 좋을지도 모른다.

그리고 간신히 현대에 돌아올 수 있었다. 당연히 돌아오는 것은 자기 혼자라고 생각했고, 물질적인 거리를 두면 달뜨는 몸도 시간이 지나면 원래대로 돌아올 것이라고 생각하고 싶었다. 그런데—

원래 코요까지 이쪽 세계에 오리라고는 생각도 하지 않았다. 그의 존재 때문에 평상시대로 돌아가려는 계획이 차례차례 우르르 무너지고, 적어도 할머니가 있는 집에서 섹스만은 안 하겠노라고 굳게 맹세했는데 어느새 코요에게 휩쓸려 왠지 자신도 원한 것 같은 기분마저 든다.

평소 살갗에 닿는 이불 위에서, 밝은 조명 아래에서 안기자 왠지 필사적으로 매달리던 무언가에 큰 균열이 생기고 말았다.

"치사토? 안 먹니?"

"아."

어느새 젓가락 움직임이 멈춰 있던 것 같다. 치사토는 퍼뜩 정신을 차렸다.

'할머니에게는 걱정 끼치고 싶지 않았는데…….'

치사토는 아무래도 옆에 앉아 있는 남자가 신경 쓰여서, 일부러 피하고 있었던 오른쪽으로 힐끗 시선을 보냈다. 아무 일도 없는 듯한 시원스러운 표정을 짓고 깔끔한 젓가락질로 식사를 하고 있는 남자. 이쪽은 몸도 마음도 녹초가 될 정도로 피곤한데 저쪽은 왠지 정력이 가득하고 생기가 도는 것 같다.

'……체력 한 번 끝내주시네!'

아무리 불평해 봤자 코요에게는 전혀 통하지 않을 것이라는 것은 알고 있기 때문에 치사토는 큰 한숨을 쉬고 식사를 재개했다.

아무리 후회해도 지나간 시간은 돌아오지 않는다. 향후에 같은 실수는 저지르지 않도록 해야 한다고 다짐한 치사토에게는 또 다른 걱정거리도 남아 있었다.

'이즈미 그 녀석…… 어쩌지…….'

어제 이즈미의 전화를 떠올리며 어떻게 할까 깊이 생각에 잠겼다.

이즈미는 어쩌면, 아니, 반드시 올 것이다. 일부러 이런 곳까지 치사토를 괴롭히러 오다니 이전의 치사토라면 사서 고생하시네 하고 차가운 마음으로 맞이했을지도 모른다. 폭력을 당한 것은 아니지만, 정신적으로 궁지에 몰리는 것은 상당히 힘들기에 그렇게 납득하지 않으면 자기 마음이

버티지 못하는 것이다.

하지만 지금 여기에는 코요가 있다. 묘하게 똑똑한 이즈미가 만일 코요의 존재에 위화감을 느낀다면. 다른 세계에서 왔다는 SF소설 같은 이야기를 순순히 믿지야 않겠지만 그 존재는 확실히 여기에 있다. 코요에 대해 꼬치꼬치 캐내려고 하면 어쩌나.

말이 능숙한 상대만큼, 이쪽이 구슬리기는 거의 무리다.

'그 녀석이 있는 동안만이라도 창고에 집어넣는다 해도…… 어떻게든 나올 것 같단 말이야.'

코요는 왠지 이즈미의 존재를 경계하고 있어서 기회가 있을 때마다 치사토에게도 뭔가를 캐내려고 한다. 적의를 가지고 있을 상대에 대해 술술 불 작정은 없는 데다 무엇보다 치사토 자신이 이즈미에 대해 잘 모르기 때문에 말할 것도 없지만, 두 사람이 얼굴을 마주치면 도저히 아무 일도 없이 지낼 수 있을 것 같지 않다.

할머니에게 어디론가 데리고 가달라고 하는 방법도 있지만, 할머니가 뭔가 불편해한다면 절대로 싫다.

어쨌든, 치사토 자신이 처리할 수밖에 없다.

"치사토."

"……!"

초조해하던 치사토는 이번에는 코요가 이름을 부르는 바

람에 그만 젓가락을 떨어뜨렸다.

"왜 그러느냐? 피곤하느냐?"

"벼, 별로!"

'누구 탓이라고 생각하고 있는 거야?!'

아무리 생각해도 컨디션이 나쁜 것은 아키마사 탓인 데다 이즈미에 대해서도 필요 이상으로 경계하고 있는 듯한 그를 말리는 것도 힘들다.

그래도 아무리 무슨 말을 해도 코요에게는 효과가 없다고 학습한 치사토는 일단 어떻게든 오늘을 무사히 넘기겠노라 단단히 각오를 했다.

"할머니."

"왜?"

"저기, 오늘 우리 반 학생이 올지도 모르는데⋯⋯."

"아아, 지난번에 전화한 그 친구구나."

할머니는 이즈미에게서 온 전화를 기억하고 있는 것 같다. 어디까지나 친구 같은 게 아니라 단순한 동급생이라고 주장하고 싶었지만, 여기서 이야기를 꼬이게 해봤자 좋을 게 없다. 애초에 단순한 동급생이 시골까지 치사토를 찾아올 이유는 짐작도 가지 않을 것이다.

"뭐 맛있는 것이라도 준비할까?"

지금까지 친구에 대해서는 입에 올린 적도 없는 치사토

이기 때문에 할머니는 친구가 처음으로 놀러와 주는 것을 자신의 일처럼 기뻐하고 있다. 어쩌면, 아무리 봐도 수상한 코요라는 존재도 치사토의 친구라며 너그럽게 받아준 것일까.

하지만 아무래도 이곳 밖으로 내보낼 수 없는 코요와, 그저 치사토한테 심술을 부리러 오는 이즈미를 똑같이 취급할 수는 없다.

"괜찮아요, 아마 와도 금방 돌아갈 테니까."

"모처럼 이런 곳까지 와주는데 말이니?"

"응. 그러니까 할머니도 신경 쓸 일 없어요."

다짐하듯 말하자 할머니의 얼굴이 쓸쓸한 듯 흐려졌다. 그런 표정을 짓게 한 것을 후회하면서, 원인이 된 이즈미에게 점점 반감이 들었다.

아침 식사가 끝나고 나른한 하체를 질타하면서 언제나처럼 욕실 청소와 정원 청소를 도왔다. 모든 것의 원흉인 코요에게는 잡초 뽑기를 시켰다. 도구를 쓰는 작업을 시키는 것은 불안하다는 단순한 이유도 있었지만, 그 이상으로 힘든 일을 시켜서 이젯밤 제멋대로 군 깃을 말없이 비난하는 의미도 있었다.

그러나—

제일 경계했던 오전에도 낮을 포함한 오후 시간에도 이

즈미는 모습을 드러내지 않았다. 계속 단단히 각오했던 치사토도 시간이 지날수록 긴장감이 희미해졌다.

"어떻게 된 걸까."

할머니도 걱정스럽게 말하지만, 치사토는 어쩌면 하고 생각을 바꾸었다.

이것도 이즈미의 심술의 일환일지도 모른다. 찾아오겠다고 말하고, 당일에는 취소하겠다고 전화도 안 하고 캔슬. 이를 통해 치사토가 우왕좌왕하는 꼴을 상상하며 웃고 있는 것이다.

"오지 않는군."

코요도 조금 안심한 듯한 표정을 짓는 것은 기분 탓은 아니라고 생각한다. 이즈미를 어떻게 생각했는지는 모르지만 쓸데없는 문제가 일어나지 않아서 다행이라고 생각하는 것이 낫다.

"그 녀석, 기분파니까. 아마 그냥 나를 위협하려고 말했던 건가 봐. 그것보다, 난 지금부터 밭에 가서 야채를 가지고 올 테니까 할머니 좀 잘 도와드려."

"알았다."

오늘이 지나면 아마 내일은 더 이상 걱정하지 않아도 된다.

치사토는 몇 번이나 그렇게 자신을 타이르면서 오늘 밤

요리에 쓸 만한 야채를 밭에서 따왔다. 요리를 잘하는 할머니가 만드는 것은 뭐든지 맛있지만 방금 딴 야채를 사용하면 맛이 그 두 배로 뛴다.

"오늘은 가지 고기 된장 볶음이라고 하셨더랬지."

오크라와 고야도 수확하고 그것들이 다소 개성적인 맛이 나는 요리로 변하는 것을 상상하면서 귀가하는 치사토는 이제야 겨우 미소를 띨 수 있었다.

"……그렇지. 아키마사가 돌아가는 것도 제대로 생각해야지."

'아마도 그 창고 속이 거기로 통할 거라고는 생각하지만…….'

사실 지난 며칠 동안 치사토는 매일같이 코요를 데리고 창고에 들어가 궤 속에 손을 넣어보라고 부탁했다.

언제 어떤 상황에서 돌아갈 수 있을지 전혀 모르기 때문에 매일 빠뜨리지 않고 생각나는 것을 죄다 시도하고 있었지만, 코요가 저쪽 세계로 돌아갈 기색은 전혀 없다.

역시 치사토가 생각한 대로 신비한 달의 힘이 필요한 것일까? 지금은 달이 어떤 모양인지 보지 않았지만 최악의 경우 한 달 정도 기다려야 할지도 모른다.

'그렇게 오래 할머니에게 폐를 끼칠 수도 없는 노릇이고……. 설마 신학기가 시작돼도 여기에 있지는 않겠지.'

이곳은 어디까지나 할머니 집이고 방학이 끝나면 치사토는 집으로 돌아가야 한다. 설마 도심에 이런 비상식적인 남자를 데려갈 수도 없는 노릇이고, 그렇게 되면 시간을 맞추느라 저쪽 세계로 돌아가는 것이 점점 늦어져 버릴지도 모른다.

게다가 연휴에는 부모님도 여기로 오신다. 도저히 친구로는 보이지 않는 나이의 코요에 대해 어떻게 설명해야 할까, 생각하면 생각할수록 무거운 한숨만 푹푹 나왔다.

"……어쨌든, 더 잘 생각해 보자……."

치사토는 이상한 세계에 끌려 들어갔지만 이렇게 돌아올 수 있었다. 불가능한 일은 아닐 것이라고 간신히 자신을 타이르고 고개를 숙인 채 길을 걷고 있던 치사토는,

'……응?'

먼 발치에 드리운 사람 그림자를 보고 멈춰 섰다. 이곳은 할머니의 집에서 밭을 잇는 외길이고 거의 다른 사람이 지나갈 일이 없다. 설마 할머니가 일부러 마중 나오신 걸까 하고 미안해하며 고개를 든 치사토는 즉각 얼굴이 굳는 것을 알 수 있었다.

"……!"

"마중 나오느라 수고 많았다."

재수 없는 말투, 그러면서도 여학생들에게 평판 좋은 달

콤한 목소리가 치사토의 온몸을 감쌌다.

"너…… 너……."

"응?"

"저, 정말, 온 거야?"

"간다고 그랬잖아."

"하, 하지만, 이제 곧 저녁인데?"

할머니 집에서 가장 가까운 버스 정류장의 마지막 운행 시간은 19시 20분이다. 거기에서 가장 가까운 역까지 가서 도시로 가는 기차를 타고—못할 일은 아니지만 힘겨운 스케줄이 될 것이다.

애초에 남의 집에 온다면서, 이런 저녁, 그것도 저녁식사 때를 노리고 오는 것일까.

'……앗!'

이것이 이즈미가 노리는 것임을 치사토는 깨달았다.

이즈미도 할머니 집까지 찾아오면 치사토가 싫어할 거라고 알았을 것이다. 아침, 아니, 낮에 찾아온다면, 문전 박대 당할 가능성도(지금까지의 관계로 말하면 있을 수 없지만) 생각했는지도 모른다.

그러나 찾아오는 시간이 저녁이라면 어떨까. 상식적인 보호자라면 멀리까지 찾아온 친구를 저녁식사에 초대하리라고 상상하기는 어렵지 않았을 것이다.

'……제기랄!'

입술을 깨문 치사토는 눈앞에 있는 이즈미를, 눈을 치켜 뜨고 노려보았다.

도저히 치사토와 같은 나이로는 보이지 않는 이즈미의 키는 이미 175센티에 달하고, 늘씬하면서 근육도 제대로 붙어 있다는 것은 알고 있었다. 운동 신경도 좋고 공부도 잘한다. 리더십도 있어서 선생들의 인상도 좋다.

그 정도로 완벽한 인간이라면 굳이 치사토에게 참견할 필요도 없을 거라고 생각하는데, 아무래도 자기보다 한 수 아래인 상대를 가지고 논다는 재수 없는 취미는 억누르지 못하겠는지 교묘하게 심술을 부리는 것이다.

이즈미는 편한 셔츠에 청바지 차림으로 손에는 큼직한 가방을 들고 있었다. 훌쩍 놀러 왔다기에는 왠지 위화감이 들어, 치사토는 떨리는 목소리를 어떻게든 밀어냈다.

"어, 어디 가기라도 해?"

"그러니까, 너네 시골집에 놀러 온 거잖아."

치사토가 말을 걸었다는 데 기분이 좋아졌는지, 이즈미 가 밝은 갈색 눈동자를 가늘게 뜨고 웃는다. 눈에 익은 짓 궂은 미소가 아니라는 데 당황하면서도 치사토는 어떻게든 자신의 생각을 입에 올렸다.

"그, 그러니까, 그 짐은……."

"아아, 오늘은 너네 집에서 묵게 해달라고 하려고. 지금부터 돌아가기도 힘들잖아. 얌전히 있을 테니까 괜찮지?"

"에엑?! 그건 무리야! 당연히 무리지!"

정말 친한 친구라면 또 몰라도 왜 자신을 괴롭히기만 하는 이즈미를 할머니 집에 묵게 해야 한다는 것인가. 필사적으로 저항하면서 고개를 힘껏 저었지만 이즈미는 그런 치사토의 저항은 전혀 개의치 않는 분위기였다.

"내가 잘 말씀드릴 테니까. 자, 가자."

이즈미가 팔을 움켜잡아서 할머니의 집을 향해 연행되듯이 걷는 꼴이 되어, 치사토는 어떻게든 떨치려고 저항했다.

"이, 이거 놔!"

"시끄럽게 굴지 마. 할머니가 이상하게 생각하시지 않겠냐?"

다음에 나왔어야 하던 불평은 이즈미의 그 말을 듣고 목구멍에서 막혀 버린다. 이즈미가 어떤 이유로 여기까지 왔는지 그 의도를 알고 싶다고 생각지도 않지만, 오늘 아침의 반응을 보아 할머니는 분명 치사토의 첫 친구라며 환영할 것이 틀림없다.

"가자."

"놔, 놓으라고!"

역시나 좋아하지도 않는 사람이 건드리는 게 싫어서 이

즈미의 팔을 떼치려고 크게 몸을 비틀자, 들고 있던 바구니 속에서 야채가 몇 개 떨어졌다.

"똑바로 걷지도 못하냐."

"!"

'네가 이상한 짓을 안 하면 되잖아!'

마음속으로는 불평할 수 있는데, 막상 입 밖으로 내려면 역시 무섭다.

코요와의 관계를 통해 자신의 성격이 다소 바뀌었다고는 생각하지만 몸에 배어버린 뒤틀린 마음과 두려움은 완전히 지울 수 없다.

치사토는 어쩔 수 없이 주저앉아 떨어진 야채를 줍고는, 이즈미에게 일부러 들려주듯이 크게 한숨을 쉬고 걷기 시작했다. 당연한 것처럼 이즈미는 그 뒤를 따라온다.

"완전 깡촌이네."

"……."

"너 여기서 매일 뭐 하고 있어?"

"……."

"나 정도 되니까 일부러 이런 곳까지 놀러 와주는 거라고."

'시끄러워.'

여기가 시골이라는 것은 처음부터 알고 있었을 것이다.

게다가 여기까지 온 것은 이즈미의 의사지, 치사토가 부른 것은 아니다. 애초에 치사토의 성역이기도 한 할머니 집에 친하지도 않은 사람을 부를 생각은 전혀 없었다.

대화할 생각이 없는 치사토가 말없이 걷기만 하는데,

"아, 그러고 보니."

"……."

"아키마사가 누구야?"

"!"

이즈미의 입에서 갑자기 코요의 이름이 나오는 바람에 치사토의 어깨가 움찔했다.

'그, 랬지, 참.'

어제 전화하면서 이즈미는 할머니가 아닌 인간, 그것도 어떻게 들어도 남자 이름을 가진 인간이 함께 있는 것을 알고 만 것이다. 그때는 얼버무리느라 필사적이었고, 갑자기 '간다'는 이즈미의 말을 듣고 동요해서 제대로 생각도 못했지만, 치사토를 괴롭히는 것을 즐기고 있는 이즈미가 갑자기 나온 아키마사라는 인물의 정체에 관심을 가지는 것도 이상하지 않았다.

지금 코요는 유카타 차림이고 머리도 내리고 있으며, 외모로 따지자면 꽃미남 부류에 들어간다. 그러나 입만 열면 튀어나오는 고풍스러운 말투와 엉뚱한 사고에 놀랄 거라고

본다.

단순히 놀라기만 한다면 상관없지만 더 깊이 파고들면……. 코요가 말하는 진실을 이즈미가 믿을 리는 없지만 조심에 조심을 거듭하는 것이 좋다.

두 사람 사이에 육체관계가 있다는 사실 따위는 절대로 알리고 싶지 않다.

"머, 먼저 가서 준비를……!"

치사토는 조금이라도 빨리 코요에게 다짐을 받아두려고 뛰어가려고 했지만, 마치 그 행동을 간파한 것처럼 이즈미가 티셔츠의 목덜미를 잡았다.

"쿠엑……. 뭐, 뭐하는 거야!"

"가이드가 도망가면 어쩌라고."

"도망가는 거 아니거든!"

"그럼 같이 가면 되잖아."

"으으윽."

"자, 잘 좀 안내해 봐."

무슨 말을 하려고 해도, 언변이 뛰어난 이즈미에게는 이길 수 없다. 이제 단단히 결심을 해야 하나 싶어서 치사토는 울고 싶은 기분이 들었다.

*　　　*　　　*

코요는 방 안의 시계를 올려다보았다. 이것은 시간을 정확하게 알려주는 것으로, 코요는 치사토가 집에서 나간 후 얼마나 시간이 지났는지도 알고 있었다.

할머니에게 물어보자 밭이 집에서 그리 멀지는 않은 것 같다. 그런데 야채만 가져오는 것치고는 다소 귀가가 늦은 것 같다.

"……."

듣자하니 이 천계는 매우 평화로워서 칼과 활이 오가는 싸움도 일어나지 않는 것 같다. 치사토의 몸이 걱정돼서 옆에 붙어 있으려는 코요에게, 치사토는 떨어져 있어도 아무일도 없다고 여러 번 말했다.

당연히 코요의 목숨을 노리는 정적도 있을 리가 없고, 치사토의 말처럼 걱정이 지나친 것도 이상한지도 모른다. 그래도 치사토의 모습이 시야에 없으면 걱정돼서, 가만히 앉아 있던 코요는 정원으로 이어지는 마루방에서 일어섰다.

"조모님."

"응? 무슨 일인가요?"

저녁식사 준비를 하고 있던 치사토 할머니는 일부러 손을 멈추고 이쪽으로 온다.

코요는 첫 대면부터 자신의 존재를 호의적으로 받아주고

있는 그녀에게서 왠지 옛날에 자신을 돌봐준 유모의 모습을 보았다. 물론 외모가 비슷하다는 것은 아니고 그냥 코요가 그렇게 느끼고 있는 것뿐이지만, 그런 감정 때문인지 이 저택은 매우 마음이 편안했다.

시중드는 궁녀도 한 명도 없고 받들어 모시는 신하들도 없지만, 그래도 불편하다는 생각이 들지는 않는다. 단지 자국의 정무는 마음에 걸리지만.

쉽사리 오갈 수 있다면 잠시 체류를 연장해도 좋겠다는 생각이 들 정도지만, 그렇게 일이 마음대로 되지 않는다는 것은 몸소 배웠다.

"치사토를 마중 나가겠소."

"금방 돌아올 거예요."

"하지만, 조금 늦는 것 같군."

"아키마사 씨."

코요는 아무 일도 없으면 그건 그것대로 상관없다며 정원으로 내려가기 위해 발을 내디디려고 했다. 그러던 참에 낮은 울타리 너머로 그림자를 본 듯한 느낌이 들어 눈을 가늘게 떴다.

"치사토?"

치사토의 옆모습이 보였다. 무사한 모습에 안도했지만, 그 뒤에 조금 떨어져서 다른 사람이 있는 것을 보고 코요는 눈을 가늘게 뜨고 보았다.

치사토보다 크고 머리도 밤색 비슷한 밝은 갈색이다. 용모는 아직 약간 어린아이 같은 윤곽은 있지만, 치사토와 비교하면 훨씬 성인 남자처럼 보였다.

'저건…… 저게 '이즈미'?'

코요는 어젯밤부터 머리 한 구석에 걸려 있던 '이즈미'라는 것이 그 남자라고 왠지 직감적으로 알 수 있었다.

부루퉁한 치사토와는 대조적으로, 무슨 말을 하는지 즐겁게 웃고 있는 남자.

두 사람의 친밀감을 과시하고 있는 것 같아 재미없다. 코요는 잽싸게 정원에 내려가 성큼 다가갔다.

"치사토."

"앗!"

고개를 든 치사토는 당황한 모습으로 뒤를 돌아보았다. 이즈미는 코요를 어딘가 도발적인 눈빛으로 똑바로 보고 있었다.

이런 눈으로 보는 사람은 상당히 오랜만이다. 어린이 특유의 무모한 도발이겠지만, 도망치시 않고 어기까지 온 것만은 인정해 주지 못할 것도 없었다.

"……안녕하세요."

이미 '이즈미'는 관찰하듯이 코요와 대치했다. 물론 코요도 이즈미가 신경은 쓰였지만, 그보다 치사토가 걱정되었다.

'이즈미'와 함께 돌아오기는 했지만 치사토의 모습을 보면 그것을 반가워하는 기색이 전혀 없다는 것은 금방 알 수 있었다. 연락이 온 시점에서 명백히 기분이 상했달까, 어딘가 겁에 질린 기색도 보였으니, 사실은 이 남자가 오는 것을 원하지는 않았던 것일까.

"치사토."

질투에 눈이 멀어 치사토의 마음의 움직임을 놓치지 말아야 한다.

다시 이름을 부르는 그 순간 몸이 움직인 치사토는 코요의 곁으로 달려온다. 그것은 마치 도움을 요청하는 것처럼 보여서, 손이 닿는 범위에 가녀린 몸이 다가옴과 동시에 품에 안고는, 불만스레 이쪽을 응시하는 '이즈미'를 향해 미소를 보였다.

만약 이 남자가 치사토에게 발칙한 마음을 품고 있다고 해도 이미 치사토는 자신의 아내다. 그 몸은 완전히 이 손에 떨어져 있고, 마음도 머지않아—

"코미야."

"……아, 저기, 아키마사, 이, 이 녀석이……."

"'이즈미'로구나."

남자의 말보다 먼저 자신을 우선한 것에 만족해서, 코요는 침착하게 그 이름을 불렀다. 그 말들 듣고 '이즈미'는 입가만 올려서 웃었다. 그러나 그 눈은 전혀 웃는 기색이 없는 것이 참으로 교묘하다.

"처음 뵙겠습니다. 코미야의 친구인 이즈미 아키미츠입니다. 오늘 갑자기 실례해서 죄송합니다."

겉보기만 정중하게 고개를 숙인다.

"코미야한테는 형이 없던 걸로 아는데, 혹시 친척분이신가요?"

이만큼 적대감을 보이고도 새삼 친척이냐고 묻는 것도 우습다. 치사토와는 같은 나이인 것 같지만 분명히 호락호락한 놈은 아닐 것 같다.

코요도 얼버무릴 생각은 없었다.

"아니, 그렇지 않다."

"그럼, 이 근처에 사는 분인가요?"

어디까지나 치사토와 깊은 관계라고 생각하고 싶지 않은 것인지, 군색한 말로밖에 들리지 않아 무심코 웃었다. 그냥 아는 사람이 이런 식으로 치사토를 껴안는다고 생각하는 거냐.

"나는 치사토의……."

"우왁!"

남편이라고 말하려고 하는 코요의 입을 치사토가 무슨 연유인지 양손으로 누르고, 이즈미를 돌아보고 빠르게 말했다.

　"어, 어쨌든, 난 너와 놀 생각 따위 없거든! 이대로 돌아가서 버스를 기다리지 않았다가는 막차가 떠나 버릴 거야!"

　"……너, 그런 식으로 말할 줄도 아는군."

　갑자기 이즈미는 쓸쓸하게 혀를 찼다. 그때까지 표면상으로는 호의적으로 보였기 때문에 그 변화는 도드라졌다.

　"……응?"

　"언제나 나만 보면 벌벌 떨고……. 열 받는다고."

　"이, 이즈미?"

　이즈미의 급변한 태도에 당황한 듯한 치사토가 걱정되는지 그쪽을 향한다.

　갑자기 변화한 이즈미의 태도가 신경 쓰였을지도 모르지만, 코요의 눈으로 보기에는 그나마 단순한 줄다리기로밖에 보이지 않는다.

　치사토의 마음은 차치하고 이즈미의 마음을 완전히 간파한 코요는 더 이상 두 사람이 접근하는 것은 위험하다고 판단했다.

　"치사토의 말처럼 돌아가는 것이 좋다. 네가 있을 곳은 여기에 없느니라."

"······!"

그 순간, 처음으로 명확한 살기를 받은 코요는 한쪽 눈썹을 올렸다. 이 정도의 악의는 지금까지 무수히 받았기 때문에 신경 쓸 것도 없다. 게다가 상대는 사랑하는 치사토에게 발칙한 마음을 품은 남자이니 주저할 필요도 없다.

코요는 이제 이야기는 끝났다는 듯 치사토의 어깨를 안고는 이즈미에게서 그 모습을 숨긴다. 하지만 이대로 끝나야 했던 대면은 생각지도 못한 인물의 등장으로 코요가 원하지 않는 방향을 향했다.

"어머, 치사토, 역시 친구가 왔구나."

"할머니······."

방금 전까지 코요와 함께 있던 할머니가 거기에 있는 이즈미의 모습을 보고 기쁜 미소를 보이며 다가왔다. 할머니의 등장에 치사토는 동요하고, 코요도 잠시 어떻게 말을 할까 생각하는 동안, 이즈미가 선수를 쳐 운을 뗐다.

"안녕하세요, 이런 곳까지 찾아와서 죄송합니다."

고개를 숙여 정말 죄송하다는 듯이 사과하는 이즈미의 모습은 도저히 방금 전까지 자신에게 적의를 보이던 사람으로는 보이지 않았다. 할머니의 눈에도 좋게 보였는지 눈가에 깊이 아로새겨진 주름을 누그러뜨리며 고개를 끄덕였다.

"어서 오렴. 좀처럼 오지 않기에, 역시 이런 시골까지 놀러 오지는 않는 걸까 하고 있었단다. 지금부터 마침 저녁식사를 하려던 참이니 사양 말고 안으로 들어오렴."

"감사합니다. 염치불구하고 실례하겠습니다."

"이즈미!"

"치사토, 도와주겠니?"

"어…… 아, 네."

치사토는 할머니의 말에는 거역할 수 없는지 이즈미를 힐끗 본 후, 코요의 가슴을 밀치고 포기한 것처럼 할머니의 뒤를 쫓는다.

'……우선 조모님을 우리 편으로 만들었어야 했나.'

코요로서는 자신과 치사토의 관계를 거짓 없이 보고하고 다시 자기 나라로 데려가겠다고 허락을 받으려고 하고 있었다. 하지만 치사토는 좀처럼 기회를 만들어주지 않아서, 그 때문에 할머니는 아직도 코요가 사위라는 사실을 모르고 있다.

이번 일도, 코요의 입장을 이해하고 있었다면 할머니는 좀 더 생각해 주었을 텐데―

코요는 이즈미를 되돌아본다. 할머니의 허락을 얻은 그의 표정에는 방금 전에 순간적으로 보였던 살의는 사라지고 어딘가 도발하는 듯한 미소를 짓고 있었다.

"실례하겠습니다아."

"……."

이 집은 치사토 할머니의 것이다. 그녀가 허가를 내린 이상 코요는 아무 말도 못하고, 어쩔 수 없이 발길을 돌렸다.

눈앞에 김이 모락모락 나는 된장국 한 그릇을 놓은 치사토는 신경이 쓰이는지 코요의 얼굴에 시선을 보낸다. 거기에 미소로 대답하자 황급히 부엌으로 사라졌다.

식사가 차례로 나오는 동안 코요는 방 안에 이즈미와 단둘이 있었다. 딱히 이야기할 것도 없고, 시선도 맞추지 않는다. 치사토는 그런 두 사람이 신경 쓰여 어쩔 수 없는 것 같지만, 할머니를 돕느라 여기에 가만히 있을 수는 없는 모양이다.

"……."

"……."

이즈미는 잠시 신기한 듯이 방 안을 보고 있었지만, 지금은 대놓고 코요의 옆모습을 향해 똑바로 눈빛을 보내고 있다. 생각보다 배짱이 두둑한 그 태도에 코요도 언제까지나 무시할 수는 없었다.

"무엇을 하러 왔느냐."

단도직입적으로 말하자 이즈미는 한순간 숨을 들이마셨

다.

하지만 곧 웃으며 대답했다.

"친구 집에 놀러 온 것뿐이에요."

"친구? 치사토와 네가 친구 사이라고는 도저히 생각할 수 없구나. 치사토는 너의 방문을 좋게 생각지 않고 말이다."

"……당신이 그런 걸 어떻게 알아요?"

"나는 치사토를 잘 보고 있으니까."

두 사람의 친밀감을 일깨우듯이 말하자 이즈미가 눈살을 찌푸리며 분한 듯이 시선을 돌렸다.

아무래도 스스로도 치사토의 마음은 예상하고 있는 모양이다. 그런데도 여기까지 왔다는 것은 감탄할 만하지만, 말을 바꾸면 그만큼 치사토에게 집착하고 있다는 것이다. 치사토가 넘어가지는 않겠지만 위험한 싹은 조속히 따버리는 것이 좋을 것이다.

"식사가 끝나면 곧장 돌아가는 것이 좋을 게다. 치사토는 너를 환영하지 않는다."

"……"

"기다리게 해서 미안하구나, 자, 식사하자."

거기에 할머니가 밥을 가져왔다. 뒤이어 차를 가져온 치사토는 코요 옆에 앉았다.

"이즈미, 차린 건 없지만, 많이 먹으렴."

"감사합니다. 저기……."

이즈미는 젓가락을 들지 않고 할머니에게 말을 꺼냈다.

"왜 그러니?"

"이런 일을 부탁하는 것은 실례인 줄 알지만, 아마 이후에 마지막 버스를 탈 수 없을 거라고 생각합니다. 오는 게 늦어진 제가 잘못한 것이지만……."

무엇을 말하려고 하는지 아직 몰랐지만 안 좋은 예감이 든 코요는 치사토를 힐끗 보았다. 치사토도 그가 무슨 말을 하려고 하는지 궁금해서 못 배기는 모양인지 걱정스럽게 이즈미를 보고 있는데, 그 눈빛이 자신 이외를 향하고 있다는 것만으로도 유쾌하지 않았다.

"그래서 죄송한데, 오늘 밤 묵게 해주실 수는 없습니까?"

"어?"

'……그렇게 나왔구나.'

해가 질 무렵에 찾아온 것이 수상하다 싶었지만 설마 숙박하는 게 목적일 줄은 몰랐다.

"무, 무슨 소릴 하는 거야! 갑자기 그런 말을 해봤자……."

치사토는 받아들일 생각이 없는지 즉시 반대의 뜻을 말

한다. 그러나,

"뭐 어떠니, 치사토. 지금부터 돌아가기도 힘들 테고 너도 모처럼 와준 친구랑 천천히 이야기하고 싶지? 방은 많이 남아 있고, 아아, 오늘은 셋이서 손님용 다다미방에서 자는 것도 좋겠구나."

할머니는 처음부터 이즈미를 묵게 할 생각이었던 것 같다. 치사토에게 부드럽게, 그러나 타이르듯이 말했다.

싫은데, 할머니를 거스를 수 없는 치사토는 마지못해 의견을 철회하고, 이즈미는 실컷 여유를 부리며 할머니에게 감사인사를 하고 있다.

'……이렇게 된 이상 치사토에게 제대로 물어봐야겠구나.'

치사토도 이즈미도 서로에 대해 아무것도 말하지 않기 때문에 코요는 그 관계를 상상할 수밖에 없다.

정말 싫다고 생각하면 할머니의 반대도 각오하면 될 텐데, 왜 그러지 않는 건가.

치사토는 이즈미에 대해 이야기하기 싫어하는 것처럼 보였고 코요도 다른 남자의 이야기 따위 듣고 싶지 않아서, 즉시 제거하는 것밖에 염두에 두지 않았지만, 여기까지 온이상 어떤 관계인지는 명확하게 듣는 것이 낫다.

그러나 아무리 치사토가 싫어하고 있어도 이즈미의 치사

토에 대한 감정은 아무리 봐도 악의만으로는 보이지 않았다.

틀림없이 코요 이외의 사람이 봐도 이즈미의 채 숨기지 못하는 호의를 느낄 수 있을 것이다.

치사토가 아무렇게 생각지도 않는다 해도, 남편인 코요가 단단히 지켜주어야 한다.

그렇게 결정하자 식후에 할머니가 이즈미를 욕실로 안내하는 것을 지켜보고, 정리는 됐다며 방에 돌려보냈을 때, 코요는 치사토를 붙잡았다.

"저놈은 너의 무엇이냐?"

"가, 갑자기 뭐야."

말은 그렇게 하고 있지만, 치사토도 마음속으로는 각오를 했는지도 모른다. 평상시라면 '이상한 소리 하지 마' 라고 불평이 나옴직한데, 지금은 어딘가 동요한 것 같기도 하고 난처한 것 같기도 한 표정으로 그 자리에 우두커니 서 있다.

"일부러 조모님의 저택까지 너를 찾아온 자다. 아무 관계도 없다고는 말할 수 없을 텐데?"

"……."

"네가 저 녀석의 방문을 원치 않았던 것은 안다. 하지만 그 이유까지 나는 모른다. 너의 입으로 가르쳐 주었으면 좋겠구나."

거듭 그렇게 말하자 치사토의 입에서 큰 한숨이 새어 나왔다.

하지만 좀처럼 말을 꺼내지 않는다. 어떻게 말하면 좋을지 모른다기보다는 말하고 싶지 않다는 분위기라, 코요는 재촉하지 않고 기다렸다.

그리고…… 얼마나 지났을까.

"……나, 괴롭힘 당했어."

마침내 치사토가 포기한듯이 작은 소리로 말했다.

"괴롭혀?"

치사토라는 사랑스러운 존재가 그런 꼴을 당하고 있었다니, 금방 믿을 수는 없었지만, 당장 울음을 터뜨릴 것처럼 일그러진 그 표정에 부정의 말은 할 수 없었다.

"그 리더, 그러니까…… 지휘를 했던 것이 저 녀석이야."

"네가 그 녀석에게 시달렸다는 것이냐? 왜지?"

"……아마도 내가 싫어서 그런 거겠지."

치사토는 아무렇게나 말하지만, 코요에게는 도저히 그런 식으로는 보이지 않았다. 치사토를 괴롭히던 남자가 이런 곳까지 쫓아오다니 논리가 맞지 않는다. 싫다면 눈앞에 없는 편이 훨씬 좋지 않은가.

게다가 이즈미의 눈빛 속에는, 미처 숨길 수 없는 치사토에 대한 집착이 있었다. 자신을 도발까지 하려고 했던 것이다.

'……겉모습과는 달리 아직 어린아이와 마찬가지라는 말인가.'

치사토가 아무리 상대에게 불신감을 가지고 있다고 해도 이즈미가 치사토를 어여삐 여기고 있는 것은 자명했다. 아마도 어린애답게 자기 마음에 솔직해지지 못하고 치사토를 괴롭혔던 것이리라.

듣자하니 이 천계에서 남자끼리 정을 나누는 것은 보통이 아닌 듯하여 그 금기를 범하는 것을 두려워하는 반동이라고 생각할 수밖에 없지만, 정작 당사자 두 명에게 자각이 없는 지금 코요도 일부러 들쑤실 생각은 없었다.

"……그래서, 나는…… 그 녀석, 싫어……."

그런 식으로 말한 이면으로는 치사토가 그만큼 이즈미를 신경 쓰고 있다는 것처럼 들린다.

그 의미는 달라도 이즈미의 행동은 치사토의 마음속 깊이까지 들어가 있는 것이 재미없다.

"그렇다면 가까이 가지 않으면 된다."

"그렇게 말해도……."

그때 복도를 걷는 소리가 들려왔다. 일부러 내는 것 같은 큰 발소리는 자신의 존재를 과시하고 있는 것 같다.

"코미야, 나 먼저 씻었다."

미닫이를 열고 나타난 이즈미는 유카타를 입고 있다. 틀림없이 남을 살뜰하게 챙겨주는 할머니가 준비해 준 것이다.

이렇게 보니 이즈미는 이미 남자라고 해도 손색이 없을 정도로 성숙한 몸을 가지고 있다. 아이라면서 안이하게 상대했다가는 돌이킬 수 없는 사태가 벌어질지도 모른다.

방 안에서 거의 신체가 밀착될 만큼 가까이 있던 치사토와 자신을 보고 이즈미는 공격의 화살을 치사토에게로 향했다.

"뭘 응석 부리는 거야? 내가 뭐라도 할 줄 알았어?"

"따, 딱히 응석부리는 건……."

"너 말이야, 안 그래도 여자 같은 얼굴이니까 괜히 남자랑 달라붙지 않는 것이 좋을걸. 이 사람, 멋있잖아."

말은 잘도 한다.

코요를 칭찬할 생각은 전혀 없는 주제에, 그렇게 해서 치사토에게 압력을 가할 수 있을 거라고 생각하고 있는 것일까.

"……다음, 누가 먼저 들어갈 거야?"

"아키마사, 먼저 목욕해. 나는 할머니 방에 다녀올게!"

여기에서 도망치는 것이 치사토가 약하다는 증거일지도

모르지만, 코요로서는 치사토가 가능한 한 이즈미에게 접근하지 않는 것이 좋다고 생각하고 있기 때문에 말릴 생각은 없다.

도망치듯 방을 나가는 치사토의 등을 무의식적으로 눈으로 쫓고 있던 이즈미가 코요의 시선을 깨달았다.

"······뭔가요?"

"아니."

'어리석은 놈이라고 생각했을 뿐이다.'

연모하는 상대가 치사토라는 점을 제외하더라도 어째서 그 마음을 솔직하게 표현하지 못하는지 신기하기도 했다. 미움받을 정도로 괴롭히면, 이 남자에게 도대체 무엇이 남는다는 건가.

이제 와서는 치졸한 애정 표현밖에 할 수 없었던 이즈미에게 감사한다. 앞으로 만일 이즈미가 자신의 감정을 자각하고 치사토에게 다른 접촉을 시도하려고 해도, 방금 전 치사토의 반응을 보더라도 이즈미의 마음이 성취될 일은 있을 리가 없다.

*　　　*　　　*

목욕탕에서 나온 치사토는 벌써 몇 번째인지도 모를 한

숨을 쉬었다.

'어째서 이 지경이 된 거지…….'

코요의 존재만으로도 머리가 아픈데 엎친 데 덮친 격으로 이즈미까지 나타날 줄은 상상도 못했다. 애초에 왜 싫어하는 놈의 시골집까지 찾아온 걸까. 괴롭힐 작정이라면 대성공이다.

"……어쩌지……."

치사토의 친구의 존재에 기뻐하는 할머니의 마음을 헛되지 할 수는 없기에 이즈미가 여기 묵는 것을 용인했다. 방이야 확실히 남아도니, 이즈미를 어딘가에 묵게 하고 내일 일찌감치 쫓아내려는 시뮬레이션은 되어 있다.

하지만 그렇게 되면 코요는 어떻게 해야 좋을까? 익숙해졌다고는 하지만 아직도 현대에 생소한, 이상한 데서 들통날지도 모르는 남자를 혼자 남겨둘 수는 없다.

'아키마사와 같은 방에서 잠잔다 쳐도…… 왠지 또 무슨 소리를 할 것 같아.'

그리고 다시 치사토를 괴롭히는 데서 기쁨을 느끼는 이즈미를 떠올리고 얼굴을 찌푸렸다. 모처럼 저쪽 세계에서 돌아와 사랑하는 할머니의 옆에 있을 수 있다고 생각했는데, 차례차례 문제가 생겨서 진정될 틈도 없다.

치사토는 이 사태가 내일 끝날까 불안해하면서 일단 이

즈미가 있는 방으로 발길을 돌렸다. 할머니는 이미 주무시고, 코요는 분명 지금까지 자던 방에 있을 것이다. 일부러 얼굴을 보여주는 것도 왠지 석연치 않지만 이게 다 안심하고 자기 위해서다.

"……이즈미, 들어갈게."

말을 걸고 미닫이를 열자 거기에 있을 줄은 상상도 하지 못했던 코요의 모습이 눈에 들어와 깜짝 놀랐다.

"아, 아키마사? 왜 여기에…… 응?"

시야의 한 구석에 깔린 침구가 보인다. 하지만 두 벌밖에 없었던 그것은 나란히 붙은 형태로 세 벌이 늘어서 있었다.

"어? 이, 이어."

"혼자 자면 외로운 모양이다."

시원스럽게 단언한 코요의 말에 겹치듯이,

"처음 온 집이잖아, 네가 좀 잘 돌보라고."

이즈미는 심술궂은 표정으로 웃는다.

'여, 여기서 셋이서 자라고?'

왜 그런 이야기가 된 건지, 황급히 코요를 뒤돌아보지만 그 표정에서는 아무것도 읽을 수 없었다.

한심한 자신에 대해 토로하고 이즈미가 딱 질색이라고 분명히 호소했건만, 코요는 그 마음을 알아주지 않은 것일까. 치사토는 왠지 배신당한 것 같은 기분이 들어 입술을 깨물고 고개를 숙였다.

"치사토."

"······!"

이제 와서 그런 상냥한 목소리로 이름을 부르지 말아줬으면 좋겠다.

"야, 코미야."

항상 '안경잡이'라고 부르는 주제에 다른 사람이 있는 탓에 익숙지 않은 호칭으로 부르는 이즈미도 화가 난다.

"······나 이제 잘래!"

이즈미와도 마주할 정도로 강해졌다고 믿고 있었는데 결국 하고 싶은 말의 절반도 못하고 도망치는 것밖에 할 수 없는 자신이 한심하다.

이 이상 이것저것 생각하고 싶지는 않아 준비된 이불까지 어청어청 걸어간 치사토는, 정작 누우려는 단계에서 다시 동작을 멈췄다.

'······어디에서 자야 하지?'

침구는 세 벌.

이즈미 옆에서 자는 것은 싫지만, 코요가 이즈미 옆에서 잔다는 것도 피하고 싶다. 이즈미가 중간이고 코요와 좌우로 갈라지는 것도 좀 이상하다. 그렇다고 코요를 중간에 둘 수는 없다.

'아~악, 못 살아!'

자포자기하면 생각을 포기해 버리는 건 나쁜 버릇임을 자각하고 있지만, 치사토는 가운데 요에 누워 이불 속으로 파고들었다.

"치사토."

"……."

깊이 울리는 목소리와 함께 부드럽게 어깨를 흔든다. 코요가 무슨 말을 하려고 하는지 궁금하지만 이제 자는 척하는 것이 상책이었다.

치사토가 먼저 자(는 척을 하)자, 남은 두 사람 사이에 대화도 없다.

"불 끌게요."

"아아."

짧은 이야기는 거기서 끊기고, 이어서 불이 꺼지는 기척이 났다. 시간은 아직 오후 9시를 지났을 무렵이지만 이대로 잠들어 버리면 긴 밤도 순식간에 밝을 것이다.

'끔찍한 하루였어…….'

치사토는 눈을 감고 입안으로 투덜투덜 불평하고 있었지만, 이윽고 천천히 수마가 덮쳐왔다.

……．

…………．

……………….

꿈틀.

'……응?'

얼마나 지났는지 흐릿한 의식 속에서 치사토는 무언가가
몸을 건드리는 느낌이 들었다.

'기분 탓인가?'

하지만 그것은 명확한 것은 아니라, 치사토는 꿈과 현실
이 뒤죽박죽되어서 그런 것뿐이라고 생각하고 다시 의식을
깊이 가라앉히려 했다─하지만.

"……!"

'지금?'

이번에는 확실하게 허리를 쓰다듬는 손길이 느껴졌다.

당황해서 눈을 뜨자 어둑어둑한 방 안의 모습은 곧 알 수
있었다. 마침 오른쪽을 향하고 자고 있던 것 같은데 시선
끝에는 잠든 이즈미의 얼굴이 보였다.

'그럼, 이 손은……'

분명히 허리에 닿아 있는 손은 뒤에서 뻗어 나와 있었다.
눈앞에 이즈미가 있다면 등 뒤에는…… 치사토는 장난스
레 움직이는 손을 잡고 뒤돌아보았다.

"그만, 하라고."

이즈미를 깨우지 않으려고 작은 소리로 주의를 했기 때

문에 분노의 크기는 전해지지 않았는지, 시선이 마주 친 순간 웃음을 띤 코요는 갑자기 치사토를 자신의 몸 쪽으로 끌어당겼다.

당돌한 행동에 눈이 확 뜨인 치사토는 코요의 가슴을 밀어 거리를 취하려고 했지만 강한 힘은 쉽게 치사토를 좌절시켜 버려, 허망하게 코요 품에 안기는 자세가 되어버렸다.

"아…… 좀!"

동시에 다리가 얽혀서 도망칠 수 없게 된다. 설마 이즈미가 있을 때 이런 행동을 취할 줄은 꿈에도 몰랐던 치사토는 혼란에 빠져 어떻게든 몸을 비틀려고 했다.

"얌전히 있거라."

"……앗!"

이런 일을 당하고 어떻게 얌전히 있겠는가.

"'이즈미'가 알아차려도 괜찮겠느냐."

그러나 다음 이 말에 치사토는 움직임을 멈췄다. 아무리 소리를 죽이려고 해도 바스락대며 움직이다가는 이즈미가 깨어버릴지도 모른다. 무엇을 하고 있는지 금방 눈치채지 못해도 불신을 품을 것이다. 더 이상 놀림당할 소재를 제공할 수는 없다고 생각한 치사토는 어떻게든 코요를 막기 위해 필사적으로 부탁했다.

"이상한 짓 하지 마."

"이것이 이상한 일이냐?"

등으로 돌아온 손이 아래로 미끄러져 잠옷 대신 입은 반바지 속으로 들어온다.

"……옆에, 이즈미가 있다니까!"

큰 손이 엉덩이를 비비자 치사토는 가빠지는 목소리를 필사적으로 참았다.

코요가 이러한 행위에 수치심이 없는 것은 이미 체험했지만, 이곳은 그가 통치하는 세계가 아니라 치사토가 앞으로도 살아가야 하는 세계다. 조심성 없는 짓을 했다가 성적 취향을 의심받고 그 소문이 퍼지기라도 하면 시력으로 놀림당하는 정도로 끝나지는 않는다.

"아키마사……!"

애원하며 필사적으로 코요를 응시하지만, 남자는 점점 구속하는 손에 힘을 담았다.

"마음에 들지 않는군."

"어?!"

"너는 이 녀석을 원망하고 있지 않느냐? 네 옆에 누가 있는지, 제대로 알리고 선고를 해 주면 좋겠다."

"……무슨, 소릴……."

왜 그런 이야기가 되는 걸까. 치사토가 이즈미를 싫어하는 것을 알고 있다면 쓸데없는 트집을 잡히지 않게 협력해

주기만 하면 되는데.

그 마음을 왜 몰라주는 걸까 하고 울고 싶어지자 눈가에 가볍게 입술이 내려왔다. 이런 때 이런 부드러운 키스를 하는 것은 반칙이다.

"내가 확인하고 싶을 뿐이다."

속삭이며, 코요의 입술이 뺨에서 귓가, 그리고 목덜미로 이동한다.

"네가 나의 것이라고…… 나만의 것이라고……."

"……안 돼."

그런 것은 싫어도 자각하고 있다. 코요의 손으로 열려서 쾌락이 새겨진 이 몸이 아무리 부정하려 해도 코요의 것이 되어버렸다는 것을. 그것을 인정하고 싶지 않아서, 어떻게든 아무것도 없던 시절로 돌아가고 싶어서 필사적이었는데, 마음이 약해져 있을 때 애원하듯이 안지 않았으면 좋겠다.

어느새 치사토의 몸은 코요의 아래로 깔리고, 그는 셔츠를 걷어올려 드러난 가슴의 돌기를 입에 머금었다.

"……!"

"보이고 싶지 않으면 얌전히 있거라."

코요가 뻗은 손이 이불을 잡고 머리 꼭대기부터 푹 뒤집어 씌웠다. 가슴부터 쑥, 코요의 몸까지 이불 아래로 다 가

려졌지만, 딱 봐도 일부가 인간의 모양으로 불룩하게 부풀어 있다.

음란한 자신의 몸의 변화가 직접 눈에 들어오지 않게 된 반면, 시각을 가려 버린 형태가 되어서 괜히 감각이 예민해졌다.

"아…… 응, 앗!"

혀로 치대고 이빨로 잡아당기고. 집요하게 애무를 반복하는 그곳은 이윽고 쾌감을 포착하고 그에 연동하듯 아랫도리가 뜨거워졌다. 그것을 얼버무리려고 다리를 서로 비볐지만, 앞서 휘감고 있는 코요의 다리 때문에 저항은 막혀 있는 것이나 마찬가지라, 직접 닿지도 않은 분신은 서서히, 그러나 확실하게 솟아오른다.

'어, 쩌지?!'

가슴의 진주를 포함해서 강하게 가슴을 빨린 치사토는 무심결에 코요의 다리에 분신을 문지르듯이 허리를 움직이고 말았다.

자신이 무엇을 하고 있는지 알고 있다. 대단한 부끄럽고 비참한 기분인데, 이 정도는 부족하다며 더 강한 자극을 요구하고 마는 정욕이 그것을 능가하고 있었다.

"맛있게 여물었구나."

즐거운 듯한 속삭임이 피부를 타고 미끄러지더니 이번에

는 배꼽을 할짝인다. 솟아오른 분신은 속옷 너머로 긴 손가락에 쥐여서 천에 스치는 느낌을 받아, 뜨거운 덩어리가 벌써 목구멍까지 치밀어 올랐다.

'기, 분, 좋아……!'

어째서 이렇게 기분이 좋은 것일까.

이렇게 섹스에, 쾌락에 약한 것일까.

이성을 유지하려고 필사적으로 생각하지만, 사고에 어느덧 안개가 끼고 쾌락 이외에는 아무것도 생각하고 싶지 않았다.

치사토 이상으로 치사토의 몸을 잘 아는 코요는 이제 때가 되었다는 것을 알고 속옷을 무릎까지 내렸다. 순식간에 바깥 공기에 노출된 분신이 바르르 떨고, 치사토는 복부에 있는 코요의 머리에 손가락을 얽어 머리를 눌렀다.

이대로 열을 내뿜고 싶다.

이제 그것밖에 생각할 수 없는 치사토는 당장 코요의 뜨거운 구강 내에 분신이 초대받기를 기다리며 고개를 들고—

"!"

희미하게 뜬 시선 너머, 자고 있어야 할 이즈미가 눈을 뜨고 있었다.

"아……."

'언, 제, 부터?'

치사토의 목소리와 천이 스치는 소리에 눈치챘는지, 아니면 훨씬 전부터 깨어 있었는지.

이즈미의 위치에서는 이불 아래에서 자신의 다리를 지분대는 코요의 모습은 보이지 않을 것이다. 그래도 분명히 '뭔가 하고 있다'는 기색은 느끼고 있을 것이다.

"......!"

"......."

"......싫어......."

'아키, 마, 사!'

이즈미가 눈을 뜬 것을 눈치채지 못했을 코요에게 현재 상황을 알리려고 치사토는 이불 위로 코요의 어깨를 두드렸다. 그러나 그것을 재촉이라고 받아들였는지 갑자기 음경을 따뜻한 점막 안에 머금었다.

구음을 한 것이다.

'마, 마, 말도 안 돼애!'

동급생의 눈앞에서 하는 음란한 행위. 지금 당장 코요를 떼치고 싶지만, 그러면 벌거벗은 아랫도리가 드러나고 만다.

불빛이 사라진 방 안, 치사토의 상기된 뺨과 눈물로 젖은 눈동자는 보이지 않을 것이다. 이대로 속일 수 있다면, 큰

액션은 하지 않는 것이 낫다.

그래도 어떻게든 쾌감을 내보내려고, 의식적으로 몸도 굳어버린 치사토의 변화를 코요도 눈치챘는지 음경이 입 밖으로 나왔다. 타액이 얽혀 있는 그것을 즉시 속옷 속에 되돌리려고 이불 속에 손을 넣었지만 반대로 그 손을 홱 잡혀 버린다.

"!"

큰 소리를 내지 않은 것만 해도 다행인지도 모른다. 그러나 눈앞에 있는 이즈미와 이불 속에 몸을 감춘 코요, 그 어느 쪽도 무시할 수 없는 치사토는 신경을 날카롭게 곤두세우고 있었다.

"코미야."

그 균형을 깬 것은 이즈미였다. 요에 누운 자세 그대로 이즈미는 치사토를 보고 말했다.

"너……."

"……."

"……."

"뭐, 뭐야."

자기도 모르게 치사토는 잡힌 손으로 코요의 유카타 어깨 주위를 필사적으로 잡는다. 도망치고 싶어서 견딜 수 없는 기분을 어떻게든 그 행동으로 억누르고 있었다.

"……아냐, 됐어."

"어?"

"잘 자."

어쩌면 이대로 이불을 걷을지도 모른다고 생각했다.

발뺌할 수 없는 모습을 들키고, 또, 아니, 지금까지 이상으로 놀림당하고 괴롭힘을 당할 요인을 만들게 되는 건가 하고 심장이 싸늘하게 식었다.

하지만 이즈미는 마치 지금 보고 있는 것을 거부하듯이 등을 돌렸다. 액면 그대로 눈치채지 못한 거라고 생각해야 하는가, 아니면 다른 의도가 있는지 생각해야 하지 않을까 했지만, 긴장이 풀린 치사토는 축 늘어져 이불에 몸을 던졌다.

"……치사토."

코요가 작은 목소리로 이름을 불렀지만, 그것을 막을 힘도 없다.

"……이즈미, 깨어 있었어."

"그러냐."

"……아키마사."

"……."

"알고 있었어?"

"……아니."

조금 대답에 뜸을 들인 것은 기분 탓일지도 모른다. 하지만 정말 코요가 눈치채지 못했으리라고는 생각할 수 없었다. 아니, 여기서 멈추어준 것에 감사해야 할까.

　'이제…… 다 싫어…….'

　"……나, 졸려."

　"치사토."

　도저히 지금부터 방금 전에 하던 걸 이어서 할 생각은 들지 않았다. 애초에 치사토는 처음부터 코요와 야한 짓을 할 생각은 없었고, 뜨거웠던 몸은 금세 가라앉았다.

　단번에 피로가 덮쳐, 치사토는 완만한 움직임으로 흐트러진 하의를 수습하고 이불을 코요에게서 빼앗아 안으로 파고들었다.

*　　　*　　　*

　다음 날 아침, 코요가 일어났을 때 치사토는 아직 깊은 잠에 빠져 있었다.

　미간에 주름이 모여 있는 모습을 봐도 별로 달게 자고 있다고는 할 수 없을 것이다.

　손을 뻗어 달래듯이 볼을 간질이자 조금이나마 표정이 풀린 것 같았다. 무의식적으로도 코요의 손가락이라고 느껴준다면 기쁠 텐데.

그 안쪽으로 시선을 돌리자 이즈미는 천장을 향한 채 눈을 뜨고 있다. 계속 잠을 못 이루었는지, 아니면 방금 일어났는지 모르겠지만, 할머니와 치사토 그리고 코요에게 향했던 어떤 시선과도 다른 거친 눈빛을 하고 있었다.

"……이즈미, 깨어 있었어."

알고 있었냐는 치사토의 질문에 '몰랐다'고 대답한 것은 치사토의 죄책감을 덜어주기 위한 것이었지만 물론 이즈미가 잠들지 않았다는 사실은 알고 있었다. 그 상황에서 자고 있었다고 하면 그야말로 일부러 여기까지 치사토를 쫓아온 의미가 없다.

치사토의 사랑스러운 돌기를 희롱할 때도 다리에 얼굴을 묻었을 때도 코요는 바로 옆에 있던 이즈미의 존재를 의식하고 있었다.

말리려고 할 것인가, 아니면 욕할 것인가?

하지만 이즈미는 그 어느 쪽도 아니고, 단지 이쪽의 행위를 보고 있던 것 같다. 그 가슴에 오가던 것은 어떤 생각일까? 이제 와서 질투를 해봤자 어쩔 수 없다고 과시하려 했지만 치사토가 소스라치게 놀라는 바람에 끝끝내 그 몸을 깊숙이 꿰뚫지는 못했다. 그것이 이즈미의 심경에 어떤 영향을 미쳤는가—

"……."

코요가 몸을 일으키자 이즈미의 얼굴이 이쪽으로 돌았다. 눈이 마주쳤기 때문에 방 밖으로 부르듯이 고개를 움직이자 의외로 순순히 뒤를 따라온다.

미닫이를 열고 마루방 건너편의 유리판을 열고 덧문도 열자, 겨우 하늘이 하얗게 물들기 시작하는 시간이었다.

신발을 신고 정원으로 나와, 코요는 이즈미가 다가오기를 기다렸다.

"잠은 잘 잤느냐?"

"……그거, 나 약 올리는 거야?"

젊은 탓인지, 그 표정에 피로는 없었지만 눈이 다소 빨갛게 충혈되어 있는 것 같았다.

"잠들지 못했느냐."

"……당신, 코미야랑 어떤 사이야?"

서로가 서로의 말에 대답하지 않고, 더욱 캐묻는다.

"이제 알지 않았느냐, 저것은 나의 것이다."

"아저씨, 구라 치지 마."

"……구라?"

이즈미가 한 말의 의미를 몰라 무심코 되물었다. 좋은 뉘

앙스는 아니었지만, 씁쓸한 이즈미의 표정을 보고 묻고 싶었던 것이다.

하지만 이즈미는 거기에 대답하지 않고 도전적인 표정으로 코요를 노려보았다. 어제 보여주었던 부자연스럽게 붙임성 있는 웃음보다는 어지간히 감정이 보이는 그것을, 코요는 팔짱을 끼면서 여유롭게 대치했다.

"……그 녀석, 호모였어?"

"호모, 라는 게 무엇이냐?"

"그런 기색 전혀 안 보였으면서……."

"말을 얼버무리지 마라. 너는 치사토에게 마음이 있느냐."

"……!"

이즈미가 순간적으로 거리를 좁혔다. 코요는 순식간에 뻗은 팔의 움직임을 간파하여 이즈미의 팔을 잡고 그대로 뒤로 비틀어 올렸다.

"……아얏!"

이렇게 바로 옆에서 보면 역시 이즈미는 미처 성숙한 어른이 되지 못한 풋풋함을 가지고 있었지만, 팔과 가슴팍은 치사토와 비교도 없이 늠름했다.

'잘도 치사토에게 손을 대지 않았군.'

치사토를 괴롭히던 것도 어린아이 특유의 솔직해지지 못

하는 마음에서 연유한 것이리라. 같은 남자로서 치사토가 괴롭히고 싶을 정도로 귀엽다는 것은 인정하지만, 괴롭히기만 하고 호의적인 애정 표현을 일절 하지 않았다는 것은 자업자득이라고밖에 생각되지 않는다.

아니, 이렇게 사랑스러운 존재가 옆에 있으면 수단을 가리지 않고 손에 넣으려고 할 것이다. 생각해 보면 이즈미가 아직 아이라 다행이라고 해야 하는가.

"네가 있을 곳은 여기에는 없다. 어서 돌아가도록 해라."

지금 코요에게는 치사토를 설득하여 자국으로 돌아간다는 목적이 있다. 완고한 치사토를 구슬리는 데는 시간이 걸리니 불필요한 잡일에 시간을 할애하고 싶지 않았다.

"어서 준비를 하거라."

말을 내뱉고 이즈미의 팔을 놓아준 후 치사토가 있는 방으로 돌아가려고 한 코요는,

"누가 당신 마음대로 한대?"

내뱉듯이 말하는 것을 듣고 발걸음을 멈췄다.

뒤돌아보자 방금까지 고개를 숙이고 있었던 이즈미가 고개를 들고 자신을 똑바로 응시하고 있다. 그 눈빛 속에서 감출 수 없는 적개심을 발견하고 코요는 한쪽 눈썹을 올려 이즈미를 노려보았다.

"물러서지 않을 작정이냐."

"별로, 저 녀석은 당신 것이 아니잖아."

"……어젯밤에 보지 않았느냐?"

"그런 건 별로 대단한 것도 아냐."

그 말이 허풍인지 아닌지는 모르겠지만, 그래도 코요가 원하듯이 쉽사리 이 자리를 물러날 생각은 없는 것 같다.

코요가 어떤 입장인지 알면 이즈미도 안이하게 적대하려고 생각지 않겠지만 공교롭게도 이곳은 치사토가 사는 천계라, 코요의 천황이라는 지위가 그다지 의미가 없음은 사실이다.

"당신, 코미야랑 안 지 얼마나 됐어?"

"……한 달 정도."

짧아도 농후한 시간을 함께 보냈다는 자부는 있다. 사는 세계, 나이, 성별 등을 초월한, 서로 사랑하는 자들이 공유하는 시간이다.

"그렇다면 내가 더 코미야랑 오래 알고 지냈거든? 여기까지 와서 꼬리 말고 도망칠 생각은 전혀 없어."

그것만 단숨에 말한 후 이즈미는 정원을 가로질러 갔다. 치사토가 자는 방에 돌아가지 않았던 것은 지금 자신이 내뱉은 말을 다시 한 번 생각 해보고 싶었기 때문일지도 모르지만, 고분고분하게 물러서지 않는 이즈미를 앞으로 어떻게 하면 좋을지 생각만 해도 머리가 아프다.

지금 현재 치사토를 향한 마음은 자신이 더 강하고, 그 몸을 안고 있는 것도 자신뿐이라는 자신감은 있다. 그러나 이즈미는 치사토가 살고 있던 이 천계의 사람이다.

'사는 세계가 다르니 참으로 골치가 아프구나.'

치사토가 이즈미에게 도움을 청하는 것은 생각하기 어렵지만, 저쪽에 있을 때는 그토록 돌아가고 싶다고 고집을 피우던 치사토이니 안이하게 생각지 않는 것이 좋다.

치사토를 이쪽 편에 붙이기 위해서도 지난밤에 억지로 애무한 것은 사과하는 것이 좋을까. 그런 생각을 하던 코요는 등 뒤에서 기척을 느끼고 돌아보았다.

"치사……."

필경 눈을 뜬 치사토이리라고 생각했지만, 천천히 다가온 사람은 치사토의 할머니였다.

"안녕하세요. 잘 잤나요?"

"아아."

할머니는 코요에게서 조금 떨어진 곳에 멈춰 섰다. 키는 치사토가 더 크고, 건강하고 생명력 넘치는 치사토는 곁에 있는 것만으로도 존재감이 있지만, 이상하게 이 할미니에게서도 어딘지 모르게 그리운 분위기를 느꼈다.

치사토보다 훨씬 더 자신에게 가까운 것이다.

"조모님."

"예."

주름이 깊이 팬 눈가에 미소를 띠고 이쪽으로 고개를 돌리는 그녀는, 사실은 자신을 어떻게 생각하고 있는 것일까. 명백히 이 천인과는 다른 자신을 이렇게까지 환대해 주는 이유는 무엇일까?

치사토는 두 사람의 관계를 절대로 말하지 말라고 했다. 하지만 이 할머니는 벌써 다 알고 있을 것만 같다.

"나는 치사토를 어여삐 여기고 있소."

"네, 보고 있으면 알 수 있어요."

분명히 말하자 부드러운 목소리로 긍정되었다.

역시 할머니에게는 자신의 마음이 보였던 것이다.

"치사토는 싫어할지도 모르지만 천계에서 우리나라로 데려갈 생각이오."

"……치사토는 쉽사리 고개를 끄덕여 주진 않겠지요."

"……."

갑자기 위화감이 엄습했다. 이쪽의 사정을 아무것도 모르는 할머니가 '천계에서 우리나라로 데려간다'고 말해도 아무런 의문도 가지지 않는 것이 이상했다.

도대체 이 할머니는 어디까지 '알고 있는' 것일까.

"어떤 인간이라도 모든 것을 버리는 데는 용기가 필요하니까요."

어딘가 자조하는 듯한 그 말의 분위기에 코요는 할머니의 얼굴을 다시 보았다. 표정은 평소처럼 온화했지만, 그 눈빛은 어딘가 먼 곳을 보고 있는 것만 같았다.

방금 그 말에도 뭔가 깊은 의미가 있을 것 같다―

"조모님."

"아키마사 씨는 치사토를 아껴줄 거죠?"

"물론, 내 생명을 걸더라도 끝까지 지키고 계속 사랑할 생각이오."

"어머나."

즐겁게 할머니가 웃었을 때,

"할머니!"

간신히 깨어난 듯한 치사토가 마루방 사이에 서서 이쪽을 보고 있었다. 치사토는 파랗게 질려서 신발도 신지 않은 채로 황급히 이쪽으로 달려왔다. 깨끗이 손질된 정원이지만, 자갈까지 완전히 제거되지는 않았기 때문에 다칠 가능성은 있었다.

"우와악!"

할머니에게 달려온 치사토의 몸을 코요가 갑자기 안아들자 치사토는 순간적으로 떨어지지 않으려고 그의 목에 팔을 둘렀다. 그러나 정신을 차리자 그런 자신을 할머니가 보고 말았다는 조바심과 수치심으로 다리를 힘껏 버둥대면서 내려달라고 아우성치기 시작했다.

"갑자기 뭐하는 거야!"

"다리를 다칠지도 모르지 않느냐."

"기껏해야 찰과상인데!"

"나는 아무리 작은 상처일지라도 너에게 입히고 싶지 않다."

"……!"

마음을 담아 말하자 치사토가 말을 꿀꺽 삼킨다.

"이렇게 아껴주니 잘됐구나, 치사토."

"하, 할머니!"

그런 치사토의 머리를 웃으면서 쓰다듬는 할머니는 코요의 얼굴을 쳐다보며 말했다.

"솔직하지 못한 아이라 죄송하네요."

"……기운이 넘치는 게 더 즐겁소."

"아키마사!"

"아침 식사 준비를 할 테니 나중에 도와주렴."

먼저 집에 돌아가는 할머니를 배웅한 코요는 긴장해서 몸이 딱딱해진 품 안의 치사토에게 시선을 떨어뜨린다. 아무래도 어젯밤 것에 대한 분노를 지금은 잊어버리고 있는 모양이지만, 방금 전 이즈미의 태도를 생각하면 조속히 대책을 강구해야 한다.

"치사토."

"……왜."

쌀쌀맞지만 대답은 꼬박꼬박해서 미소가 지어졌다.

"사랑한다."

"……바, 바보야! 이상한 소리 하지 말라고!"

"솔직한 내 마음이거늘."

"……빨리 집으로 돌아가자."

불평은 더 이상 계속되지 않고, 코요는 아무 말도 하지 않고 치사토를 마루방 사이까지 안은 채로 옮겨주었다. 본인은 싫어했지만 내린 다음에는 발바닥도 정성스럽게 손으로 털어주었다.

"어제 그 일."

"응?"

"이 정도로는 용서 안 할 거니까!"

재빠르게 말한 치사토의 모습이 안쪽으로 사라졌다. 아마 할머니에게 간 것이리라. 집 안에 있다면 걱정할 필요 없다며, 코요는 이즈미가 사라진 곳으로 다시 시선을 돌렸다. 어디끼지 갔는지 가까이 있는 기색은 아니다.

이대로 돌아가 주면 좋겠지만, 그 정도로 어린아이는 아니라는 것이 성가셨다.

　　　*　　　*　　　*

　아침 식사 준비를 끝낼 무렵, 어느새 이불에서 사라졌던 이즈미가 모습을 드러냈다.

　이미 옷을 갈아입었고 얼굴도 말끔하다. 잠시 할머니의 모습이 보이지 않으니 그동안 세면 등의 설명을 받았는지도 모른다.

　코요도 최근에는 익숙해진 유카타 차림으로 지정석에 앉아 있었다.

　코요도 이즈미도 시선을 맞추지 않는 것을 보면 왠지 가슴이 술렁댔지만 거기에 대해 말을 꺼내면 안 된다는 것은 어쩐지 알 수 있었다.

　"치사토, 밥을 퍼주렴."

　"네."

　묵묵히 준비를 하는 치사토의 모습을 네 개의 시선이 한시도 떨어지지 않고 보고 있었다. 그렇게 쳐다보다가 구멍 뚫리겠다고 불평하고 싶었지만, 그 마음을 꾹 참고 식사가 시작되었다.

　이즈미가 할머니의 아침식사에 탄성을 흘리고 할머니는 기쁜 듯이 웃는다.

　그 뒤를 잇듯이 코요도 칭찬하자 역시 고맙다며 깊은 눈

웃음을 지었다.

이런 일로 겨루는 것도 우습다고 생각하면서도 할머니가 기쁘다면 말릴 필요는 없다. 일단 어색한 분위기 속에서 식사를 하고 있노라니 할머니가 치사토에게 말을 걸어왔다.

"오늘은 어디 외출할 거니?"

"네?"

"모처럼 친구가 와주었잖니, 이 근처야 아무것도 없는 곳이지만 안내해 주는 게 어떨까?"

"안내라뇨, 하지만……."

일부러 이즈미를 위해 움직이는 것도 부아가 치밀고 그동안 코요를 할머니에게 다 맡길 수도 없다. 치사토의 시선이 옆에 앉아 있는 코요에게 향한 것을 눈치챈 할머니는 '물론 아키마사 씨도 함께'라는 얼토당토않은 말을 꺼냈다.

"아, 안 된다고요!"

이 집 근처를 벗어나는 곳으로 코요를 내보낼 수도 없고, 현대의 문화를 더 이상 보여주는 것도 문제다. 이즈미는 마음대로 왔고, 어제 묵게 한 것은 버스가 끊길 거라는 물리적인 이유밖에 없었으니 식사를 다 하면 이대로 돌아가 달라고 해도 전혀 상관없다. ……아니, 돌아가 줬으면 싶을 정도다.

"이즈미도 딱히 가고 싶은 데는 없을걸요."

친구가 많은 이즈미라면 연락하면 누구든 와줄 테고, 자신에게 호의를 가진 상대와 놀러 가는 것이 단연 즐거울 것이다.

그러나 입에 넣는 음식을 일일이 칭찬하면서 식사하던 이즈미는 젓가락을 놓고 할머니를 향해 우등생 같은 미소를 지었다.

"감사합니다. 코미야, 부탁 좀 할게."

"뭐어?!"

'정말 나랑 놀러 나갈 생각이야?!'

도대체 이게 무슨 벌칙이야?! 라고 눈썹을 찡그리는 치사토에게, 이번에는 옆에서 코요가 끼어들었다.

"나도 함께 가마."

"아, 아키마사는 저기."

이즈미를 상대하는 것만으로도 피곤한데, 코요까지 무슨 말을 하는 건가. 더 이상 번거로운 사태를 늘리지 말라는 시선으로 호소해도, 코요는 새침한 어조로 말을 계속했다.

"네가 살고 있는 곳을 잘 봐두고 싶다. 돌아간 후, 네가 외로워하지 않도록 말이다."

―설마하니 아직도 자신을 함께 데려가려고 하는 것일까.

그토록 돌아가고 싶다고 호소하고 겨우겨우 돌아온 현대인지라, 지금 치사토는 전혀 저쪽 세계에 가고 싶다는 생각이 들지 않는다.

"나는 함께 갈 생각 없거든."

이것만은 명확하게 전달해 두어야지 하고 치사토는 딱딱한 어조로 말했다. 아마 이 정도라면 할머니도 이즈미도 의미는 모를 것이다.

"치사토."

"야, 코미야, 어디 데려가 줄 거야?"

그런 치사토와 코요 사이에 이즈미가 끼어들었다.

"그러니까, 그건!"

"치사토, 나는 너를 여기 두고 돌아갈 생각은 없다."

"아우, 참!"

하나같이 자기 말은 귓등으로 듣지도 않는다. 치사토는 테이블을 퍽 쳤지만 할머니가 곧바로 꾸중을 하셨다.

"얘, 치사토, 식사 중에 버릇없게."

"죄, 죄송합니다."

"오늘은 더 도와주지 않아도 괜찮으니까, 아키마사 씨와 이즈미 군과 천천히 재밌게 보내렴."

더 이상 고집을 피울 수도 없다.

'왜 내가~!'

여름 축제도 머지않고, 이 근처는 노인도 많기 때문에 평상시에도 기모노와 유카타, 진베(甚兵衛:여름에 집에서 입는 긴 일본식 겉옷) 등을 입고 다니는 사람도 눈에 띈다.

코요 같은 젊은 남자의 유카타 차림은 그야말로 축제 때가 아니면 드물긴 하지만, 그래도 계절상 이상하게 보이지는 않았다. 아니, 이상한 게 문제가 아니다. 시골 마을의 중심부에 드문드문 있는 젊은 여자들의 시선을 몽땅 차지하고 있었다.

"어머, 저 사람 좀 봐."

"짱 멋있잖아♪"

희미하게 들리는 셔터 소리는 휴대폰으로 사진이라도 찍고 있는 것이리라. 정작 찍히는 본인은 전혀 신경 쓰지 않기에 괜히 치사토 귀에만 거슬렸다. 초상권 침해라고 해도 비웃을 뿐임은 명백하기 때문에, 어쨌든 참을 수밖에 없다.

애초에 치사토가 코요의 소유권을 주장하는 것도 이상하다.

그리고 그 현상은 코요뿐만 아니라 반대편에 있는 이즈

미에게도 들어맞고 있었다. 코요와는 다른 타입이지만, 그래도 충분히 인기 있는 요소를 가지고 있는 남자라서 학교 내에서도 인기가 있었지만, 그것은 이 마을에서도 마찬가지다.

"저기, 지금 시간 있어요?"

"나말이야?"

"괜찮다면 친구 분도 같이……."

좀처럼 말을 걸 수 없는 분위기의 코요와는 달리 그야말로 요즘 시대의 청년인 이즈미에게는 말을 거는 사람이 몹시도 많았다. 그들에게 일부러 상냥하게 대답하기 때문에 거절해도 다시 사람이 모여드는 악순환이다.

그런 두 사람과는 대조적으로, 치사토에게는 전혀 그런 접촉은 없다. 비하할 정도로 못났는지, 아니면 계집애 같은 외모가 취향이 아닌 건지, 어느 쪽이든 다른 두 사람이 눈에 띄는 만큼 풀도 팍 죽었다.

'들러리 역이라니…… 최악이야.'

여자에게 인기를 끌고 싶다는 생각은 안 하지만, 그래도 자신이 두 사람의 존재를 돋보이게 하는 것은 시시하다.

"치사토, 저건 뭐지?"

"차."

저절로 대답하는 말투가 무뚝뚝해졌다.

"차? 아무것도 끌고 있지 않는데?"

"……소라든지 말이 끌지 않아도 기계로 자동으로 움직이는 거야."

"기계…… 어떤 구조인가?"

"어떤 구조냐니……."

현대에 와서 지난 며칠 동안, 치사토와 함께 와버린 코요는 지금까지 할머니 집의 부지 내에서 나온 적이 없었다.

가끔 집 앞을 지나는 자전거나 오토바이를 신기해하며 설명을 요구했지만, 그것을 넘어 시내에 나와버리자 궁금증은 산처럼 생겨난 것 같다.

시골이라고 해도 어느 정도의 시설은 있다. 차를 필두로 신호등과 높은 빌딩, 멀리 보이는 기차와 화려한 상점들 등. 코요는 일일이 발걸음을 멈추고 치사토에게 설명을 요구했다. 그러나 태어날 때부터 그 환경이 당연한 듯이 주위에 있던 치사토에게 있어서, 그 의미와 구조를 새삼스레 말하기는 어렵다.

원래 처음 버스를 탈 때부터 난리였다.

좀처럼 사다리 계단에 발을 올리지 않고 요금통에 넣어야 하는 돈도 쥐고서 가만히 노려보고, 겨우 버스가 출발했는가 하면 점점 몸이 굳어지는 것을 알 수 있었다.

치사토가 저쪽 세계에 갔을 때는 큰 소리로 난리를 쳤지만, 역시 코요는 그런 유치한 반응은 보이지 않는다. 그래도 처음 경험하는 것에 대한 긴장감은 있으니, 치사토도 도저히 홀대할 수가 없었다.

하지만 치사토 나름대로 코요에게 신경을 쓰고 있었는데 정작 본인은 그것을 알고 있는지 어떤지— 어느새 유카타를 입은 미남(코요)이 가게를 들여다볼 때마다 주위에 여자들이 떼거리로 몰려들었다. 소란을 떠는 적극적인 여자아이들을 밀치는 데 상당한 노력이 필요했다.

"이봐."

'아, 누가 말을 걸고 있어.'

조금 떨어진 틈에 또 코요 옆에는 사람이 모여들었다. 집단 속에서 십중팔구 유카타 차림의 코요와 함께 사진을 찍고 싶은 것으로 보이는, 화장을 완벽하게 한 대학생 정도 되는 두 여자가 말을 걸자 코요는 순간 시선을 보냈지만, 아무 대답도 않고 흥미 있어 하는 것에 눈을 돌렸다.

보통이라면 뭐 이딴 놈이 다 있냐고 욕이나 먹기 십상이지만 미남은 어떤 태도를 취해도 다 용납이 되는 것 같다.

'그거, 차이가 너무 심한 거 아냐……?'

"이봐."

"뭐야! ……앗."

지금 코요는 전자 양판점 앞에 죽 늘어선 TV를 응시하고 있다. 한 대 한 대 화면이 다른 그것의 구조를 물으면 어쩌나 하고 생각하던 참에 이즈미가 말을 걸어서 치사토는 조금 건방진 대답을 했다.

하지만 곧 자신의 반응을 깨닫고 아차 후회한다. 여기가 학교가 아니라 자신의 구역 내이기에 강하게 나와버렸지만, 다음 달에는 다시 학교에 돌아가야 한다.

치사토가 할 일은 가능한 한 원만하게 이 자리를 넘기는 것밖에 없다.

"……왜?"

다시 치사토가 묻자, 이즈미는 시니컬하게 미소 짓고 곧바로 시선을 눈앞의 코요에게 돌리고 말했다.

"저 녀석, 어떤 놈이야?"

"어떤 사람이긴…… 눈에 보이는 그대로지."

여기서 천황이라고 한다면 어떤 반응이 돌아올까. 틀림없이 치사토를 조롱하면서 웃기만 하겠지. 그렇다고 가공의 경력을 이야기해 봤자 틀림없이 들통 날 것이다. 그렇다면 차라리 아무 말도 하지 않는 것이 낫다고 생각했다.

"너무 아무것도 모르잖아. 자동차라든지 빌딩이라든지, 보통은 어느 나라든 다 있잖아. 외모는 일본인이지만, 저 녀석……."

"……뭐?"

치사토는 이즈미를 올려다본다. 마침 자신을 내려다보고 있던 이즈미와 눈이 마주쳤다.

"……너, 안경은?"

"아……."

"지금 보이냐?"

'깜박했다!'

일단 예비 안경은 가지고 있었지만, 없어도 보이지 않는 편리함에 그만 익숙해져 버렸다.

할머니도 코요도 아무 말도 안 했고, 치사토에게는 이미 지금의 상태가 정상이었지만, 지금까지 그렇게 두꺼운 안경을 끼고 있던 자신이 갑자기 맨눈으로 다니는 데 의문을 가지는 것은 당연하다.

어제 찾아왔을 때 왜 묻지 않았을까 생각했지만 아마 치사토의 안경보다 존재감이 강렬한 코요 탓에 이즈미의 신경이 미치지 못했는지도 모른다.

"콘택트렌즈…… 는 아니지?"

얼굴을 들여다보면서 가만히 눈을 응시한다. 렌즈라면 얇은 막이 보여야 하지만, 물론 그런 것은 안 했다.

놀림받기 시작할 무렵에 이미 렌즈가 맞지 않는다고 했다.

그렇게 한참 전에 한 말을 이즈미가 기억하고 있다는 것에 놀랐다.

그 시선은 여러 차례 치사토의 얼굴을 오가다가 어느 순간 험악한 빛이 스쳤다. 도대체 무엇을 보았는지 궁금해서 치사토는 재촉하는 눈빛을 보냈지만 이즈미는 아무 말도 해주지 않는다.

'기분 탓인가?'

너무 이즈미를 경계한 나머지 피해망상에 사로잡혀 그렇게 보인 것일까. 치사토는 왠지 묘하게 불편한 마음이 들어 이즈미에게서 눈을 홱 돌렸다.

"야."

"……이제 '안경잡이'라고 못하겠네."

"어?"

"……하지 마."

큰 콤플렉스를 놀리면 괴롭고, 슬프고, 절망밖에 느끼지 못했다. 옛날에 학교 선생님은 아이들끼리 농담 삼아 놀리는 것이니 신경 쓰지 말라고 웃어 넘겼지만, 치사토의 성격으로는 그럴 수가 없었던 것이다.

지금 이렇게 안경을 끼지 않아도 되는 상태가 되어, 이상하게도 마음의 누름돌이 조금 덜어진 것도 같다. 그것은 아주 사소한 일인지도 모른다. 그래도 이렇게 이즈미에게 제대로 자신의 의사를 말할 정도로는 확실한 자신감이 생기고 있었다.

치사토가 받아치자 이즈미는 조금 놀라서 눈을 크게 떴
다. 하지만 곧 즐겁게 웃었다.

'내 의견 따윈 들을 것도 없다, 이거야?'

상대도 해주지 않는 것 같아서 화가 난 치사토는 부루퉁
해져서 입을 조개처럼 다물었다. 그러자 이즈미가 손을 뻗
더니, 치사토의 뺨을 죽 잡아 당겼다.

"어, 어하흐어아!"

"네가 그렇게 똑바로 이야기해 주었더라면, 나도……."

마지막은 우물우물 입안으로 삼켜 버려서 잘 들리지 않
았지만, 왠지 이즈미가 가지고 있는 분위기에 불편함은 느
껴지지 않는다.

"어아?"

"……어쨌든 다 네 잘못이야."

"어아호?"

결국 결론이 그거냐고, 뺨을 잡힌 채로 빽 소리 지르려고
한 치사토의 눈에 갑자기 뒤에서 뻗어온 손이 이즈미의 팔
을 잡는 것이 들어왔다.

'어?'

"아얏!"

"놔라."

겁박하듯이 말하는 낮은 목소리의 주인은 코요였다. 바로 조금 전까지 여자들에게 둘러싸여 있었는데, 어느새 돌아온 것일까. 아니, 그것을 생각하기 전에 가차 없이 이즈미의 팔을 꽉 잡고 있는 손을 놓으라고 해야 한다.

필연적으로 뺨에서 손이 떨어졌기 때문에, 서둘러 코요의 팔을 양손으로 잡았다.

"아키마사, 놔줘"

"……."

"아키마사!"

"왜 건드리게 했느냐?"

"어? 뭐?"

"너를 만지는 것을 허락한 기억이 없다."

"자, 잠깐!"

원래 치사토의 몸은 치사토의 것이지 코요에게 소유권이 있을 리가 없다. 이즈미가 뺨을 꼬집은 것은 뜻밖의 사태였지만, 그것에 대해 화를 낼 수 있는 것은 치사토 자신이지, 코요가 나설 권리는 없다.

스포츠를 잘하는 이즈미도 실제로 칼과 활을 사용하여 말까지 다루는 코요의 완력에 당할 리가 없다. 나이도 크게 차이나고, 이래서야 어른이 아이를 위협하고 있는 구도로밖에 보이지 않았다.

"나, 화 안 났거든!"

그렇다면 어떻게든 자신이 감싸주는 수밖에 없다. 당한 일은 기분 나빴지만 그래도 몸에 상처가 난 것도 아니고, 이번에는 언어폭력도 없었다. 그렇게 생각하면 마음대로 몸이 움직여서, 치사토는 방향을 바꾸어 코요와 마주보게 되었다. 저절로 등 뒤로 이즈미를 감싸는 꼴이 되어버렸지만, 그것도 지금은 어쩔 수 없었다.

"치사토."

설마 치사토가 그런 행동을 취할 줄은 몰랐는지, 코요가 설득하는 음색으로 이름을 불렀다.

"이리 오거라."

"……."

"치사토."

거듭 이름을 부르자 치사토는 주저하면서도 한 걸음을 내디뎠다. 그러나,

"갈 필요 없잖아."

뒤에서 이즈미가 팔을 잡아서 결국 앞으로 갈 수 없다.

"치사토에게서 손을 치우거라."

"왜 당신한테 그런 소릴 들어야 하는데요."

"치사토는 내 것이다. 다른 남자를 감싸는 것은 불허한 다."

"아, 아키마사!"

"그거. 그 말투, 어쩐지 짜증나는데. 왜 코미야가 당신 거라고 단언하는 겁니까?"

"너에게는 관계없지 않느냐."

"저기요, 그런 식으로 말하는 것 자체가 이상하다고 생각합니다만."

"이즈미!"

이제 치사토의 존재는 전혀 관계없는 듯한 두 사람의 말다툼을 흥미진진하게 지켜보는 주위 사람들의 시선이 따가워서 견딜 수 없었다. 아무리 들어도 이건 완전히 삼각관계의 아수라장이다. 그러면서 차지하려고 다투는 대상인 치사토는 남자다. 한심할 정도로 외모가 남자답지 않아도, 성별은 남자다.

"그만두라니까 그러네!"

아예 이 두 사람을 내버려 두고 도망치고 싶었지만, 이즈미는 둘째 치고 코요를 두고 가는 것은 도저히 할 수 없었다. 이 마을, 아니, 일본에 대해서는 전혀 모르는 코요를, 잡아먹을 듯이 으르렁대는 이즈미가 도와줄 리도 만무하다.

아무리 내키지 않아도 치사토는 코요를 버릴 수 없다.

"아키마사, 이즈미는 단순한 동급생이니까. 이상한 생각하지 말고 가자."

"코미야."

"이즈미도 이상한 말을 해서 이 사람 도발하지 마. 이 사람은 조금, 그, 세상 물정을 모르니까. 이 정도 마을이라도 조금 눈을 떼면 미아가 될 정도라고."

이런 말로 이즈미의 코요에 대한 불신감이 불식될지 어떨지는 모르지만, 어차피 이즈미는 오늘 돌아간다. 그 후에는 신학기까지 얼굴을 맞댈 일은 없고, 그사이에 어떻게든 코요를 원래 세계로 돌려보내면 사고 없이 일상으로 돌아갈 수 있으리라.

"치사토."

치사토의 분노를 제대로 짐작했는지, 코요는 이즈미에 대한 적대감을 사그라뜨리고 치사토에게 손을 내밀었다.

"……그게 뭐야?"

"잡아줘야 미아가 되지 않을 것 아니냐."

'지금 여기서 손을 잡으라고?

말다툼은 간신히 진정시켰지만 아직 주목을 받고 있다. 그런 와중에 손을 잡기라도 했다가는 그야말로 소동이 재가일될 것 같지만—치사토는 더 이상 생각하기를 포기했다.

"자!"

난폭하게 손을 내밀자 달콤한 미소를 지은 코요가 단단히 잡았다. 주위 공기가 술렁댄 것 같지만, 분명 치사토의 기분 탓이다.

"야."

"뭐야, 너도 손 잡고 싶어?"

자포자기하고 말하자, 이즈미까지 치사토의 반대쪽 손을 잡았다.

"야…… 좀!"

"나도 이 마을은 처음이잖아."

반박할 수 없는 사실에 뿌리치려 하던 손을 멈춘다. 아마 반박해도 또 다른 이유를 댈 것 같다.

"가자."

"～으으!"

'이 녀석, 역시 최악이야!'

치사토는 주위를 보지 않으려고 애쓰면서 양쪽의 남자들을 끌고서 걷기 시작했다. 키 때문에 오히려 자신이 손을 잡힌 것처럼 보인다는 건 절대로 생각하고 싶지 않다.

"치사토, 저건 무어냐?"

걸으면서 코요가 물어본 것은 지나가는 아이에게 주던 풍선이었다.

"저건 아이들 장난감이야."

"장난감?"

하늘에 떠서 둥실둥실 흔들리는 모습이 신기한 것이리라.

"아키마사한테는 필요 없는 거야."

갖고 싶다고 한들 아이들한테나 주는 것을 받아오는 것은 부끄러워서 견딜 수 없다. 애초에 풍선 따위 저쪽 세계에는 필요도 없는 물건이다.

'역시 마을에 나오는 게 아니었어~!'

치사토는 서둘러 할머니의 집으로 돌아가기 위해 버스 정류장으로 향했다.

"코미야, 택시 타고 돌아가지 않을래?"

하지만, 그런 치사토에게 이즈미가 태평하게 말했다.

"부자는 입 다물어!"

분위기 파악을 못하는 이즈미에게 고함친 치사토는, '여기에서 쫓아내면 됐을 텐데' 라는 생각을 집에 도착할 때까지 하지 못했다.

＊　　　＊　　　＊

역시 천계는 훌륭하고 문명이 발달한 세상이었다.

교통수단도, 의사 전달 수단도, 음식도 모두 코요가 통치하는 나라의 것과는 완전히 다르다. 아무리 그래도 이것들을 자국에 가져갈 수는 없는 노릇이고 그 기술을 습득하는 것도 무리라는 것을 알고 있었지만, 그만큼 견식이 넓어지는 것은 나라를 위하는 일이라고 여겼다.

다리와 가슴을 활짝 드러낸 여인들도 보기에는 재미있지만 멋과 그윽함, 지성을 느끼게 하지 않는 상대에게 감동할 리가 없다. 게다가 바로 옆에는 사랑스러운 아내, 치사토가 있으니 말이다.

"이제 마을에는 안 나올 거야!"

이즈미와 대립한 탓인지, 치사토는 화가 나서 그렇게 단언했다. 다소 유감스럽게 생각하지만, 치사토가 싫어하는 것을 억지로 하려고 하지도 않기 때문에 반박하지 않고 고개를 끄덕였다.

그리고 코요는 뒤를 걷는 이즈미를 돌아봤다.

"왜 돌아가지 않았느냐?"

"어?"

"아!"

약간 싫은 듯 얼굴을 찡그린 이즈미와 방금 깨달았다는 섯저럼 소리를 높인 치사토.

"그래! 거기서 곧장 돌아갔으면 됐잖아!"

'깨닫지 못했느냐.'

혹시 일부러 이즈미도 함께 데려온 것인가 생각했지만, 아무래도 정말 깨닫지 못했던 것 같다. 어딘가 얼이 빠진 것이 치사토다워서 코요는 무심코 웃고는 머리를 가볍게 어루만졌다.

"어쩔 수 없구나."

해는 여전히 높이 떠 있으니 돌아갈 방법은 있을 것이다. 코요가 힐끗 시선을 돌리자 이즈미는 입꼬리를 올렸다. 분명히 본인도 자각이 있었던 것 같다.

치사토는 대단히 이즈미를 신경 쓰고 있는 것 같지만 정말 싫어한다면 그 시야에도 들이지 않으면 된다. 코요는 멍하니 서 있는 치사토의 팔을 잡았다.

"……아키마사."

"창고에 가지 않느냐?"

"아……."

치사토가 매일 일과처럼 데려가 주는 저택 부지에 있는 창고. 코요가 치사토와 함께 이 천계에 왔을 때도 그 창고 안에 나타났다. 치사토가 말하기로는 천계와 코요의 나라를 연결하는 무언가가 그 창고에 있는 모양이다. 치사토가 처음 하늘에서 내려왔을 때도 궤 속으로 빠져 버렸다고 했었다.

그런 일이 있으리라고는 도저히 믿기 어렵지만 광려전

안에 있는 연못에 발을 들인 순간 이쪽으로 온 것은 확실하다. 어떤 신의 장난이 거기 있는지 모르겠지만—틀림없이 이 창고에 다니면 자기가 있던 나라에 돌아갈 수 있으리라고 믿고 있다.

물론 옆에는 치사토의 존재가 필요하지만.

"자아."

"으, 응."

"코미야!"

걷기 시작한 치사토에게 이즈미가 말을 걸어온다. 치사토가 거기에 대답하기 전에 코요가 먼저 말을 꺼냈다.

"이즈미, 우리가 없는 동안에 떠나가도 상관없다."

"아키마사!"

"우리는 이쪽이다."

모처럼 가지는 두 사람의 시간에 더 이상 다른 남자를 관여하게 할 생각이 없는 코요는 더 이상 발을 멈추지 않고 창고에 들어갔다.

오래된 건물이지만, 잘 손질되어 있는지 먼지가 많지는 않다. 좁은 나무 사다리를 올라 이미 익숙해진 궤 앞에 선 코요는 뒤를 따라온 치사토에게 말했다.

"또 이 속에 손을 넣으면 되느냐?"

"……으, 응."

이미 여러 번 시도한 행위지만 코요 자신에게도 변화는 느껴지지 않았다. 그럼에도 불구하고 현재 상황을 어떻게든 해야 한다는 생각은 있기 때문에 조용히 손을 집어넣으면서 문득 생각난 것을 말해 보았다.

"……만약 이대로 내가 나라로 돌아가면……."

코요 혼자 고국에 돌아가 버리면.

"너는 어떻게 생각하겠느냐?"

"어, 어떻긴……."

뒤돌아보자 평상시라면 스스로 손을 넣을 정도로 적극적인 치사토가 왜인지 불안한 표정으로 오도카니 서 있었다.

"아무것도 신기할 건 없을 게다. 네가 여기를 통해 하계로 내려왔다고 한다면 언제 어떤 기회에 내가 돌아갈지도 모르는 법이니 말이다."

이곳 천계에 올 때는 치사토의 팔을 꽉 잡고 있었기 때문에 함께 오게 되었다. 어딘가에 닿아 있어야 한다면, 지금 이 순간도 치사토와 이어져 있지 않으면 뿔뿔이 흩어질 가능성도 있다.

코요는 궤에 넣는 손과는 반대쪽 손을 치사토를 향해 내밀었다.

"헤어지고 싶지 않다."

"……."

"너도 함께 하계로 돌아와 줬으면 한다."

진지하게 말하자 치사토는 어색하게 시선을 피했다.

"……너는 나 혼자가 돌아가기를 원하느냐?"

"하, 하지만."

왠지 싫어한다는 생각은 들지 않았다.

그렇다고 적극적으로 보이지도 않아, 치사토 자신이 망설이고 있는 것을 잘 알 수 있다.

"치사토."

"하지만 이곳은 내가 살고 있는 세계인걸!"

물론 코요도 그것은 알고 있다. 편리하고 안전한 이 천계에 사는 것이 치사토에게는 좋을지도 모른다. 그곳에는 상냥한 할머니도 없다.

그래도, 자신의 아집이라 해도 치사토를 이대로 놓치고 싶지 않다.

"나는 혼자서는 돌아가지 않을 게다."

코요는 일어나 거리를 좁혀 치사토를 끌어안았다. 방심했는지 아니면 저항할 생각이 생기지 않는지, 품 속의 치사토는 얌전했다.

"나는 이제 너를 모르는 때로 돌아갈 수 없다. 너를 원하는 기분을 감출 수도, 잊을 수도 없느니라."

"그런 건!"

"나의 아집이라는 것은 잘 알고 있다. 하지만 치사토, 부디 나의 이기적인 소원을 들어주었으면 좋겠다. 내 아내로서 다시 우리나라로 와주어라."

지금 이 시점에는 돌아가는 방법도 모르지만, 그래도 코요는 둘이서 돌아가는 것을 절대 포기하지 않는다. 달래고 애원해서라도, 가능하면 치사토의 의사로 따라와 주었으면 하지만 그것이 무리라면 손발을 구속하고 억지로 납치를 하더라도 하계로 돌아갈 작정이었다.

그때는 치사토가 울며불며 난리를 치건 원망을 하건 무자비하게 일을 수행할 각오는 되어 있다. 지금 이렇게 치사토에게 말하는 것은 그런 자신의 비겁한 계산에서 나온 행동이다.

입버릇은 나쁘지만 마음 착한 치사토는 또 정에 넘어갔는지 죄책감에 가득 찬 얼굴로 자신을 올려다보았다. 그런 표정을 깃도록 시키고 있는 것이 자신이라고 생각하면, 미안하다는 생각은 들지만 오싹오싹할 정도의 쾌감이 코요를 덮쳤다.

'미소는 물론 웃는 얼굴도 화난 얼굴도, 나에게만 보여주면 좋겠구나.'

"치사토."

코요는 몸을 굽히면서 치사토의 입술에 살짝 자신의 것

을 밀어붙였다. 곧 입술을 떼고 그 얼굴을 관찰하자 부끄러워하며 뺨을 물들이는 것을 알 수 있었다. 지금 치사토는 분명 정에 휩쓸린 것에 불과하겠지만, 물론 지금의 상황을 이용할 생각이다.

다시 입술을 포개고 이번에는 앙다문 치사토의 입술을 혀로 핥자 곧 그것은 작게 벌어져, 코요는 기꺼이 혀를 집어넣었다. 주저하면서도 그것에 응한 치사토가 스스로도 쪼옥 혀를 빨자 아랫도리가 들썩댔다.

"으응."

'치사토……!'

"싫, 으응, 아응."

싫어하고 있는지, 아니면 유혹하고 있는지 판단할 수 없는 달콤한 목소리.

어젯밤 어중간하게 치사토를 덮치는 바람에 그 열은 코요의 몸에도 아직 맺혀 있던 것 같다. 이대로 여기에서 몸을 섞을까—등 뒤를 두른 손으로 치사토의 작은 엉덩이를 주무르면서 생각했지만 지금은 여기에서 물러서는 것이 자신의 진심을 더욱 보여줄 수 있을 것 같다.

구강 내를 혀로 마음껏 희롱한 후 타액을 얽히게 하면서 빼자, 꼼짝없이 안기는 줄 알았던 치사토가 열띤 시선을 보냈다.

"네가 탐나지만."

"……!"

"너의 몸만을 바라고 있는 것은 아니다."

솔직하고, 새하얀, 음란한 그 몸은 물론이고 무엇보다 치사토의 마음을 원한다. 치사토가 원해서 함께 나라로 돌아가고 싶다.

"……오늘도 돌아가지 못했구나."

궤를 되돌아보자, 치사토도 덩달아 시선을 돌렸다.

"……응."

"하지만 내일은 알 수 없지."

빨리 각오를 하고 모든 것을 자신에게 맡겨주었으면 한다. 치사토가 버려야 하는 것을 모두 다 줄 수는 없지만 평생 곁에서 계속 사랑하는 마음만은 있다.

치사토가 부족하다면 매일 사랑한다고 말하고 매일 밤 그 몸에 사랑의 열을 붓는다.

'나의 치사토.'

치사토가 코요의 것이라면 코요도 치사토의 것이다. 그것을 어서 깨달았으면 좋겠다고 생각하면서 코요는 치사토의 몸을 계속 껴안았다.

창고에서 나오자, 이즈미는 마루방에 앉아서 이쪽을 보

고 있었다.

돌아갔을 가능성은 아주 적다고 생각했지만, 그래도 이렇게 다 보이는 곳에서 우리를 기다리고 있을 줄은 몰랐다.

이즈미에게도, 남자로서의 긍지는 있는 모양이다.

"……아."

치사토는 코요와는 달리 거기에 이즈미가 있을 줄은 몰랐는지, 딱 봐도 거동이 수상했다. 떨어져 있는 동안 입맞춤밖에 안했고, 그것은 억지로 강요한 것도 아니라고 생각하기 때문에 치사토도 당당하게 있기를 바랐지만, 아무래도 코요가 생각하는 만큼 유들유들한 성격은 되지 못하는 것 같다.

"늦어."

이즈미는 그렇게 말하면서 시선을 치사토에게 돌렸다.

"손님을 방치하면 어떻게 하냐?"

"미, 미안."

"치사토 네가 사과할 일이 아니다."

코요의 눈으로 보기에는 치사토는 자기 마음대로 여기까지 온 이즈미를 충분히 잘 돌봐주고 있다.

자신을 괴롭힌 상대에게 이렇게까지 잘 대해주다니, 코요는 도저히 흉내 낼 수 없지만, 치사토는 본래의 기질 때문인지 완전히 잘라내기는커녕 쫓아내는 것도 욕하는 것도 무리 같았다.

　그래도 어제 이즈미를 맞이한 때보다는 긴장이 덜한 것 같았다. 익숙해지기를 원하지는 않지만 치사토가 스스로를 비하할 필요도 없기 때문에, 코요는 자연스럽게 가녀린 그 몸을 등으로 감싸듯이 서서 이즈미와 대치했다.

　"슬슬 돌아가는 것이 좋지 않겠느냐. 치사토는 네가 생각하는 것처럼 움직이지는 않을 게다."

　"그거, 당신이 말하기도 이상하지 않습니까?"

　"내가 치사토를 대변하는 것이 무어가 이상하느냐? 치사토도 똑같이 생각하고 있다."

　"그래도 나는 코미야의 입으로 듣고 싶은데요."

　"그럼 말해주어라, 치사토."

　신경 써줄 상대도 잘 골라야 한다. 코요가 등 뒤에 있는 치사토를 재촉하자 치사토는 조금 시간을 두고 작은 소리로 말했다.

　"……이제 직성은 풀렸지? 돌아가."

　용기를 내어 말한 치사토의 그 한마디. 그래도 그 말의 무게는 충분히 이즈미에게 전해졌으리라.

　"……싫네요."

　"이즈미?"

　그러나 이즈미는 즉시 거부했다. 긍지가 높은 것 같은데,

왜 그렇게까지 치사토에 집착을 하는가.

눈을 가늘게 뜨고 그 얼굴을 봤더니 이즈미의 시선은 치사토에게서 떠나지 않았다.

"내 목적은 아직 이루지 못했으니까."

"목적? 그게 뭐야."

이즈미의 본심은 전혀 모르는 치사토는 진심으로 의아하게 말했지만, 이즈미 또한 여기에서 본심을 말할 생각은 없는 것 같았다.

"……어떻게 말하냐? 멍청아."

"멍처엉?"

"우선, 너네 할머니한테 오늘도 재워달라고 부탁하고 올게."

이즈미는 그렇게 말하자마자 치사토가 말릴 틈도 없이 집으로 들어갔다. 아무래도 진심으로 체류를 연장할 생각인가 보다.

"……어떻게 하겠느냐?"

아무리 이즈미가 그럴 생각이고 치사토의 할머니도 손자의 친구를 맞이하는 데 호의적이라고 해도 치사토 본인이 진심으로 싫어하면 그 부탁은 거절할 수 있을 것이다. 이제는 치사토가 마음먹기 나름…… 그렇게 생각하지만, 방금 전에 겨우겨우 거부의 말을 입에 담았던 치사토는 혼란이

더 큰지 즉시 할머니에게 항의할 수 있을 것처럼 보이지는
않았다.

"……내가 말할까."

"……."

"말하겠다."

대답 없는 치사토의 몸에서 손을 떼고 코요도 집 안으로
들어갔다. 할머니가 있는 것은 부엌이나 거실인 경우가 많
다고 짐작했지만, 아니나 다를까, 주방 다음으로 가본 거실
에서 이즈미와 마주 보는 형태로 앉아 있었다.

마루방을 향해 앉아 있던 이즈미는 곧 방 안에 들어간 코
요를 눈치챈 것 같지만, 그 표정에는 번민의 기색은 없다.
설마 하고 코요가 상상하기보다 먼저, 뒤늦게 그가 온 것을
알아차린 할머니가 싱글벙글 웃으며 말했다.

"아키마사 씨, 오늘도 이즈미 군이 자고 간다네요."

"조모님."

"떠들썩해서 기쁘네요."

이즈미의 의도에 대해서는 전혀 모르는 할머니가 손자의
친구가 묵고 간다고 기뻐하는 것은 당연하고, 이미 허가를
한 이상 아무래도 코요가 옆에서 끼어들기는 어렵다.

"아, 미안해요, 전화가."

갑자기 그렇게 말한 이즈미가 일어서서 옷에서 꺼낸 작

은 것을 귀에 대면서 거실에서 나간다. 저것도 통신 수단의 기계, 분명⋯⋯ 휴대전화⋯⋯ 라고 한 것이다.

이즈미가 방에서 나가 버리고 그 자리에 홀로 남은 코요는 할머니에게 이즈미에 대해서 어떻게 전할지 궁리했다. 오늘은 어쩔 수 없다 해도, 만일 내일도 똑같이 묵게 해달라고 한다면 거절하기를 바란다. 그 이유는 무엇이 가장 효과적일까.

"아키마사 씨, 차라도 어떠세요?"

"⋯⋯마시도록 하겠소."

준비된 차가운 차를 다 마시고, 코요는 말했다.

"조모님."

"예?"

"치사토는 이즈미를 좋아하지 않소."

괜히 말을 빙 돌리지 않고 사실만을 말한다. 그러자 의외로 할머니는 웃으면서 '그런 것 같네요' 라고 말했다.

"알고 있었소?"

"그 아이는 얼굴에 다 나타나니까요. 게다가 지금까지 한 번도 이즈미 군의 이름을 입 밖으로 낸 적이 없으니까요."

거기까지 알고 왜 이즈미의 숙박을 허용한 것일까. 의문이 표정에 나와버렸는지, 할머니는 조용히 차를 입에 머금고 나서 치사토가 아직 있을 정원 쪽으로 시선을 돌리고 말했다.

"도망치기만 할 수는 없잖아요?"

"도망?"

"그 아이는 피하지 않고 마주했으면 해요."

무엇을, 이라고는 말하지 않지만, 코요도 그 말의 의미는 알아차렸다. 이 이상은 틀림없이, 코요는 입 밖으로 내서는 안 되는 치사토 자신의 문제다.

'……나는 치사토를 보호하는 것밖에 할 수 없구나.'

*　　　*　　　*

"사랑한다."

코요의 진지한 고백과,

"내 목적은 아직 이루지 못했으니까."

이즈미의 수수께끼의 말.

안 그래도 지금까지 깊이 생각한다는 것을 무의식적으로 거부해 온 치사토에게 있어서, 이 두 가지 문제는 너무 커서 주체할 수가 없었다.

몸만, 지금만, 치사토의 의사는 상관없이 자기 멋대로 해오던 코요는 현대에 와서 지금까지 이상의 순수한 애정을 치사토에게 보낸다.

저쪽 세계에 있을 때는 의지할 사람이 아무도 없던 와중 돌아가고 싶어 하던 치사토의 약점을 잡듯이 적극적인 관계를 원해왔는데, 지금 여기에 있는 남자는 확실히 자기주장이 강하지만 그가 보여주는 사랑이 거짓말이 아니라고 느끼게 했다.

아마 그것은 치사토 자신이 받아들이는 마음이 바뀐 것이 큰 요인이라고 생각한다. 현대에 돌아오는 데 성공해서 자신이 유리한 고지를 차지했기에, 상대의 말을 정면으로 받아들일 여유가 생겼다.

그 상태에서 자신에 대한 코요의 마음을 재확인한 셈이다.

이즈미에 관해서는 점점 영문을 알 수 없게 되었다.

일부러 할머니의 집까지 찾아와서, 놀릴 줄 알고 두려워했더니만 그러지 않고 친구처럼 행동하는 말도 안 되는 짓을 한다.

전화를 걸었을 때 자신이 괴롭히던 상대에게 의지할 만한 인간이 생겼을지도 모른다는 것에 불쾌감을 가진 걸끼 생각했지만, 지금은 치사토보다 코요에게 적의를 가지고 있는 것으로만 보이는 행동을 취하고 있다.

이제 와서 뭐야, 라든지.

괴롭힐 거면 괴롭혀 보라지(시력이 좋아진 탓에 큰 요인은 없을 것이다)라고 대놓고 말할 수 있다면 좋겠지만 아직 그 정도 용기는 없었다.

현대에서 자신을 괴롭히던 상대와 다른 세계에서 자신을 여자처럼 정복한 상대.

어느 쪽에도 감정을 움직일 생각은 전혀 없는데 웃길 정도로 동요하는 자신이 분명히 있다.

저쪽 세계에 돌려보내 주어야 하는 코요라면 또 몰라도, 적어도 이즈미는 일단 시야에서 사라져 주었으면 싶었지만, 할머니는 오늘도 또 다시 머무는 것을 허락했다. 아이처럼 '난 쟤 싫어요'라고 외치면 취소야 할 수 있겠지만, 자신의 자그마한 자존심이 상해서 그런 말은 못한다.

결국 오늘도 도망치는 수밖에 없다.

치사토는 이렇게 결론을 내리고 저녁식사 후에는 일찌감치 방에 틀어박히기로 했다─하지만.

지금, 할머니가 이웃 분에게서 받았다는 수박을 잘라 와서 툇마루에 네 명이 옹기종기 모여서 먹고 있다. 아마 객관적으로 보아 자신은 엄청나게 이상한 표정을 짓고 있을 것이다.

"수박이 다네요."

"많이 먹으렴."

붙임성 있게 할머니와 대화를 하는 이즈미는 전혀 왕따 주도범으로는 보이지 않는다. 정말 겉모습은 괜찮은 놈이지만 지금은 왜인지 그것이 솔직한 표정으로 보인다.

"아키마사 씨도 많이 들어요."

"아아."

삼각형으로 자른 수박을 베어 무는 코요. 여기에 나카츠카사와 마츠카제가 있다면 눈을 동그랗게 뜨고 놀랄 것이다.

낮에 이즈미를 제거한다고 말은 했지만 할머니의 의향으로 그럴 수 없다는 것을 알고, 틀림없이 기분이 상했을 거라고 여겼다. 하지만 의외로 코요는 침착하게 이즈미와 마주하고 있다. 아니, 두 사람에게 직접 대화는 없다.

아마도 둘 다 치사토보다 어른이라는 것이다.

"……아."

그때 이즈미의 휴대전화가 울렸다.

"……"

"……"

'어? 왜 안 받지?'

받지 못할 일도 없는데, 이즈미는 벨소리가 계속 울려도 좀처럼 전화를 받으려고 하지 않았다. 딱히 여기서 전화하지 말라고 한 것은 아니기 때문에 그 태도가 조금 마음에 걸렸다.

잠시 후 전화는 끊어져 버렸다. 치사토는 입을 닦으면서 말했다.

"전화, 받지 그랬어."

"시끄러웠어?"

"아니, 별로 그렇지는 않은데."

"소리 꺼둘게."

"어……."

이즈미는 말한 대로 곧바로 휴대전화를 꺼내 조작을 하고는 다시 청바지 주머니에 집어넣어 버렸다. 아무래도 매너 모드로 전환한 것 같다.

'……거기까지 신경을 쓰는 타입이던가?'

마치 애인 앞에서 다른 전화는 안 받겠다고 하는 것 같은 느낌이다. 아니, 그 비유는 이상한지도 모르지만 왠지 위화감이 느껴지는 것이다.

"그럼 슬슬, 먼저 목욕을 할까."

"네."

목욕은 할머니, 코요, 이즈미, 치사토 순으로 들어가게 되었다.

할머니가 목욕하는 동안 수박 먹은 것을 정리하고 오늘의 잠자리를 준비한다. 하지만 그때가 되어서 치사토는 다시 고민했다.

'……어쩌나……'

어제는 셋이서 한 방에서 잤다.

코요가 수작을 부리고, 게다가 치사토의 몸은 저절로 불이 붙어, 바스락바스락 수상하게 움직이는 것을 이즈미에게 들켜 버렸다.

오늘 이즈미는 그것에 대해 깊이 추궁하지 않았지만, 분명 '무슨 일'을 하고 있었다는 것을 알고 있을 것이다. 치사토는 그러고서 또 다시 같은 방에 잠잘 정도로 뻔뻔스럽지 않다.

"왜 그러느냐?"

복도에서 우뚝 서 있노라니 코요가 말을 걸어왔다.

"저기, 이불."

"이불?"

"……세 사람, 따로따로 깔아도 될까?"

이즈미하고는 같은 방에서 잠을 잘 수가 없고, 그렇다고 코요와 둘이서 잔다는 것도 어제 일을 생각하면 하고 싶지 않다. 한 번 고삐가 풀려 버린 만큼, 같은 실수를 반복하고 싶지 않다.

"왜지?"

그런데 코요는 시원스럽게 의문을 제기했다.

"떨어지지 않아도 좋지 않느냐."

"하, 하지만."

"안지 않겠다고 약속하면 되겠느냐?"

"바, 바보야!"

'복도에서 그런 소릴!'

할머니는 욕실에 있지만, 이즈미는 바로 이 근처에 있을 것이다. 언뜻 듣기만 해도 이상한 말을 당당히 하지 말았으면 좋겠다.

"이즈미만 다른 방에서 재우면 되지 않느냐."

"……."

왠지 납득 가지 않지만, 그것이 가장 좋은 방법일까. 치사토는 한숨을 쉬고 일단 이불을 옮기려고 방 안에 들어갔다.

"절대로 이상한 짓 하지 마."

"너에게 이상한 짓은 한 적이 없다만."

"……."

'하여간 뭘 몰라…….'

남자끼리 섹스를 하는 것 자체가 이상한데 그것을 자각하지 못하는 상대를 깨우치게 하는 것은 어렵다.

하지만 오늘은 아마 코요도 손을 대지 않을 것 같은 기분이 들었다. 낮에 했던 진지한 고백 탓에 치사토 마음속의 코요의 인물상이 조금, 정말 조금이지만 바뀐 것이다.

"아키마사 씨, 목욕하세요."

결국 항상 자는 방에 두 벌, 옆방에 한 벌 이불이 깔린 참에 할머니가 욕실에서 나왔다. 이제 일일이 붙어 있지 않아도 목욕을 할 수 있는 코요에게 갈아입을 유카타를 전해주고 욕실로 보냈다.

"치사토, 나는 먼저 자마."

"네, 안녕히 주무세요."

"잘 자렴."

할머니가 안쪽 방으로 가자 갑자기 집 안이 조용해졌다.

'그러고 보니 이즈미 녀석은 어디로 간 걸까?'

혹시, 어디선가 통화라도 하는 것일까.

'……전화, 많이 왔더랬지.'

툇마루에서 본 것뿐만이 아니라 다시 생각하면 낮에 외출했을 때도 이즈미의 휴대폰에 빈번하게 전화가 걸려왔다. 치사토는 부모에게서 걸려오는 게 고작이라, 그 차이를 생각하면 아무도 필요로 하지 않는 것 같아서 풀이 죽을 것 같다.

허구한 날 친구 따윈 필요 없다고 부모님이나 할머니에게도 말했지만, 역시 외롭다는 생각을 완전히 지울 수 없었다.

"아."

복도에 나오자 저편에서 이즈미가 나타났다.

"……지금 아키마사가 욕실에 있으니 다음에 들어가."

"어."

"그리고, 오늘은 여기에 요 깔아뒀어."

방을 가리키자 이즈미는 힐끗 시선을 돌리면서 물어보았다.

"또 셋이 같이 자냐?"

"……아니."

"……그럼, 나만 다른 방이라는 거야?"

"으, 응."

'동요하지 마, 코미야 치사토!'

딱히 이즈미만 방을 따로 잡았다고 해서 코요와 켕기는 짓을 하는 것도 아니다. 아무렇지 않게 있으면 된다고 몇 번이나 다짐하면서, 치사토 가볍게 인사를 하며 이즈미 옆을 빠져나가려고 했다.

그러나,

"!"

그러자 이즈미가 갑자기 손을 뻗어 팔을 잡더니 미닫이를 열어 그 안으로 끌고 갔다.

"이즈미?!"

치사토는 갑작스러운 이즈미의 행동에 혼비백산했고, 순식간에 방금 전 자신이 깐 이불 위로 천정을 향해 쓰러졌다.

"뭐, 뭐야."

이전의 치사토였더라면 이런 경우 얻어맞을 거라는 공포에 사로잡혀 소리 없이 몸을 움츠리고 있었을 것이 틀림없다. 하지만 지금의 치사토는 다른 방법으로 공포를 심을 수 있다는 것을 경험으로 알고 있다.

남자라면 본래 느낄 리 없는 공포. 그런 것을 자신이 느끼고 있다는 것만으로도 부끄러운 데 지금은 얼버무릴 여유도 없다.

"……."

"이즈미……."

치사토의 허리에 걸터앉아, 속을 알 수 없는 시선을 바로 위에서 주던 이즈미가 갑자기 손을 뻗어 치사토의 목을 잡는 행동을 했다. 그런 일이 있을 리가 없는데, 순간 목을 조르는 걸까 하고 심장이 멈추는 줄 알았다.

계속 눈을 커다랗게 뜨고 치사토를 보던 이즈미의 손은 천천히 목널미를 훑더니 티셔츠 위로 엿보이는 쇄골로 이동한다.

'뭐, 뭘…….'

그리고 어느 한 곳에 손가락을 미끄러뜨렸다.

"……여기."

"뭐, 뭐야?"

"빨개졌네."

"뭐?"

무슨 말을 하는지 그 의미를 모르는 치사토를 향해 이즈미는 눈을 가늘게 뜨면서 방금 전까지 만지던 장소를 손톱으로 가볍게 긁었다.

"아얏!"

"일부러 시치미 떼는 거야?"

시치미 떼냐는 소리를 듣고 점점 혼란에 빠졌다.

"너, 뭐야! 도대체 무슨 말을……."

"이거, 키스 마크 맞지?"

"키, 키스, 마크으?!"

"……그놈……이런 눈에 띄는 장소에 표시를……!"

"이, 이즈미, 거기, 키스 마크라고?"

한순간 머릿속에 그 단어의 의미가 떠오르지 않은 치사토는 눈을 동그랗게 뜨고 반문했다.

"거울 보여줄까? 빨간 자국이 선명하게 나 있는데."

"!"

손가락으로 누르면서 확인하듯 말하자, 치사토는 숨이

멈출 것 같았다.

　'아키마사!'

어제, 아니, 그 전이다, 어째 집요하게 키스를 한다고 생각은 했지만, 설마 그런 눈에 띄는 장소에 키스 마크를 남길 줄은 몰랐다. 목욕할 때도 세수를 할 때도 전혀 눈치채지 못했고, 오늘도 목이 파인 티셔츠를 입고 시내를 돌아다녔다. 그럴 생각은 전혀 없는데 '섹스를 하고 말았습니다'라고 스스로 퍼트린 것이나 마찬가지다.

자각한 순간, 맹렬한 수치가 전신을 덮쳐 이렇게 흔적을 노출하는 것을 도저히 참을 수 없었다. 치사토는 몸을 비틀어 어떻게든 이즈미의 시야에서 키스 마크를 숨기려고 했지만, 이즈미가 허리에 걸터앉은 지금의 자세로는 허망한 노력밖에 되지 않았다.

아니, 일은 더욱 최악의 방향으로 나아가고 있다. 복부에 무언가 딱딱해진 것이 닿은 것이다.

　'농담이겠지?'

자신에게 욕정하는 것은 코요 정도밖에 없을 터였다. 평범한 남자는 보통 여자에게 연애 감정도, 육욕도 느끼는 법이고, 그 이외는 극히 소수, 게다가 자신의 주위에는 없다고 생각하고 있었다.

이즈미는 치사토의 친구로, 자기를 괴롭히는 남자다.

항상 치사토를 놀려대면서 가지고 놀고, 울상을 짓는 것을 재미있어하던 그 이즈미가 자신에게 욕정하는 일은 절대 있을 수 없다.

"……비, 켜."

"정말 그 자식하고 했던 거구나."

"……!"

묘하게 생생한 표현에 치사토는 울상이 되었다. 아니, 어쩌면 이미 반쯤 울고 있는 것이다. 이즈미를 비추는 시야가 왜곡되어, 지금 당장에라도 녹아서 사라져 버릴 것 같다.

그런데 이즈미의 추궁은 멈추지 않았다.

"별로 호모라는 건 아니지?"

"……."

"왜 저 녀석이야? 어디에서 만난 거야? 언제부터 섹스했어?"

머리 한구석으로는 그런 것까지 이즈미에게 말할 필요가 없다는 것을 알고 있었지만, 그것을 말로 부정할 수 없다.

"……다른 놈하고는 한 적 없냐?"

"……우……."

"코미야."

갑자기 이즈미의 어조가 바뀌었다.

"……나도 딱히 네가 싫은 건 아니었는데……."

"이즈…… 으읍?"

이즈미의 얼굴이 바로 옆에 있다.

부드러운 것이 입술에 닿더니 촉촉하고 부드러운 것이 훑듯이 움직였다.

'설, 마…….'

"응, 흣…… 응…… 싫어."

이즈미에게 키스를 받고 있다.

그토록 자신을 괴롭히고 있었던 상대가 속수무책으로 깔고, 자기 멋대로 입술을 범하고 있다.

머릿속으로 현재 상황을 부정하려 해도 억지로 입술을 가르고 들어온 혀가 코요와는 다른 힘과 동선으로 구강 내를 꿈틀대고, 쓴 침이 배어나와 아무것도 생각할 수 없게 된다.

'놔, 놓으라고! 놓으라니까!'

이것도 새로 개발한 괴롭히는 수법일까.

아니면 갑자기 나타난 코요에 대한 적개심 탓일까.

어느 쪽이든, 따뜻함이라고는 전혀 느껴지지 않는 키스는 치사토의 마음만 싸늘하게 식게 할 뿐이었다. 모처럼 강해졌다고 생각했던 마음이 점점 약해졌다.

"응, 싫어엇!"

"코, 미야!"

키스를 멈춘 이즈미는 이제 가슴에 입을 갖다 댔다. 아까 키스 마크가 있다고 가르쳐 준 거기에 쪽 하고 따끔한 자극을 주었다.

"……났다."

"뭐……."

"내 흔적이야."

"거, 짓말."

"……이대로 섹스하면 내 것이 되는 걸까."

그것은 치사토에게 말한다기보다는 마치 자문자답하는 듯한 말투였다. 그래도 섹스라는 단어를 들은 순간, 사그라졌던 치사토의 기력이 단번에 되살아났다.

키스를 막지 못한 것은 분하지만 더 이상 이즈미가 제멋대로 하게 내버려 뒀다가는 앞으로는 정말 자신이 지배되는 측이 되어버릴 뿐이다.

'그런 건 절대로 싫어!'

코요에게 안긴 것은 자신의 의사다. 현대로 돌아오기 위해 그 남자의 힘이 필요하다고 생각했기 때문에 끝까지 섹스를 받아들였다. 지금 여기에서 억지로 섹스하려고 하는 것과는 전혀 다르다.

"노, 놓으라고!"

치사토는 어떻게든 이즈미와 자기 몸 사이에 손을 넣어

그의 가슴을 밀쳐내려고 했다. 하지만 체격 차이 때문인지 아니면 머리에 피가 오른 이즈미의 뚝심 때문인지 조금도 물러날 기색은 보이지 않았다.

그뿐만 아니라 치사토가 저항할 작정이라는 것을 안 이즈미가 자포자기한 것처럼 다시 키스를 했다.

입술을 굳게 다물어도 턱을 누르면 결국 입을 벌리게 된다. 잽싸게 들어오는 혀는 치사토의 그것을 잡으러 입안을 활개치고 돌아다녀, 치사토는 속이 울렁거렸다.

과감히 혀를 깨물어 버리면 좋을지도 모르지만, 덮쳐올 피비린내를 상상하기만 해도 정신이 몽롱해질 것 같고, 이즈미를 더 자극하는 것이 아닐까 하고 겁도 났다.

그래도 이대로 받아들이면 정말 섹스를 당할지도 모른다. 그것만은 싫었던 치사토는 어떻게든 피하려고 손을 뻗어 다다미를 긁었다.

'……와줘……!'

정말 싫었다.

'도…… 와줘!'

사실 이즈미와 화해하면 좋은 친구가 될 수도 있다며 머리 한구석으로 들뜬 생각을 했다.

하지만 그것도 전부 실수였다. 안경이 없어지고 시력으로 놀릴 수 없게 되어도 이번에는 여자 같은 얼굴 때문에 정말 여자처럼 취급당하는 것이다.

"······키, 마사!"

똑같이 자신을 섹스로 지배한 주제에 치사토의 모든 것을 받아들이려고 해준 남자.

그저 도망치고 싶어서, 저쪽 세계에 있을 때는 끝까지 솔직하게 대하지 못했는데 지금 치사토의 입에서 나온 것은 할머니의 이름이 아니라 코요의 이름이었다.

치사토의 입에서 그 이름이 나온 순간, 손목을 누르는 이즈미의 손에 더욱 힘이 들어간 것 같다.

그러자,

"윽······!"

갑자기 거칠게 미닫이가 열리는 소리가 들리더니 치사토를 짓누르고 있던 이즈미의 몸이 싱겁게 떨어졌다. 마치 짐짝을 던지는 것처럼 던져진 이즈미는 허리에 충격이 갔는지 낮은 신음 소리를 내고, 치사토는 미처 상황을 파악하지 못한 채 익숙한 넓은 품에 안겨 있었다.

"치사토!"

'아······.'

"치사토, 무사하느냐?"

"······아키마사?"

'······그, 렇구나.'

일정한 시간이 지나면 코요가 목욕을 마치고 방에 돌아온다는 것을 지금 와서 새삼 깨달은 치사토는 그 찰나 깊은 숨을 내쉬면서 유카타를 입은 그의 등에 매달렸다.

'……다행이야…….'

그 이상 이즈미에게 아무것도 당하지 않아 정말 다행이다.

이 자리에 코요가 와준 것에 정말 감사했다.

같은 남자 상대로 별다른 저항도 하지 못한 것은 부끄럽고 한심하지만 그래도 자신의 프라이드는 간신히 사수하는 데 성공한 것 같다.

"이즈미."

코요는 치사토를 팔에 안은 채, 이불 위에서 웅크린 채 고개를 들지 못하는 이즈미의 이름을 불렀다.

"왜 이 같은 일을 했느냐?"

"……."

폭력을 휘두른 것은 아니기 때문에 다친 것 같지는 않았지만, 혹시 부딪친 데가 안 좋았던 것일까. 웅크린 채로 자세를 바꾸지 않는 이즈미를 보기 위해 몸을 내밀려던 치사토는 더욱 강하게 끌어안는 코요의 팔 때문에 옴짝달싹못했다.

"치사토를 학대하는 데 그치지 않고 그 몸도 더럽히려

했느냐?"

"아냐!"

'아…… 괜찮은가 봐.'

즉시 대답이 돌아오더니 이즈미가 겨우 고개를 들었다. 우려한 것처럼 다친 기색은 없었지만, 항상 자신감에 찬 얼굴이 일그러져 있는 것을 보고 아무 말도 할 수 없었다.

지금 이즈미는 치사토를 덮쳐 버린 것을 후회하고 있을지도 모른다. 코요에 대한 적개심이 대폭 일그러진 결과, 그 화살을 치사토에게 돌렸을 뿐, 이런 짓을 할 생각은 없었다고 믿고 싶다.

그렇게, 생각하고 싶었다.

"나는 단지……."

"단지, 뭐냐."

"……."

"사랑스럽다고 생각하고 있다면, 왜 그 생각을 말로 전하지 않은 게냐. 괴롭히더라도 네가 싫어하지만 않으면 치사토의 마음이 아프지 않으리라고 생각한 게냐."

그렇다. 이런 생생한 의미를 포함하고 있을 줄은 상상도 못했지만, 호의가 존재한다는 생각이 도저히 안 드는 이즈미의 태도에 상처받고 줄곧 울었다.

'만약'이라는 가정은 현실에는 있을 수 없지만, 만약 이즈미가 자신에게 똑바로 호의를 보여줬더라면 친구 이상의 관계로 진전되었을 가능성도 제로는 아니었을지도 모른다. 그러나 어디까지나 그것은 가능성의 문제지, 지금의 치사토는 도저히 생각할 수 없는 일이긴 하다.

그렇게 만들어 버린 것은 이즈미 자신이고 치사토가 생각해 줄 일도 아니지만, 무슨 다른 방법이 있었을지도 모른다고 생각하면 어쩐지 뭔가 형언할 수 없는 기분이 가슴속을 스쳐지나갔다.

*　　　*　　　*

"아키마사!"

목소리가 들린 것만 같았다.

가슴이 술렁대서 서둘러 방으로 돌아오자 이즈미가 치사토를 아래에 깔고 있었다. 그것이 폭력을 휘두르기 위한 것이 아니라는 것은 기가 센 치사토의 눈물과 치사토의 신체에 집착하는 듯한 이즈미의 손의 움직임으로 알아차리고, 정신이 들자 그 몸을 떨어뜨리고 있었다.

안아 든 치사토의 몸은 떨리고 있어, 그것이 얼마나 무서운 일이었는지 알고 가슴이 먹먹해졌다.

게다가 치사토가 도움을 요청한 것이 자신이라고 생각하

면 사랑스러운 마음이 가슴에서 넘쳐흘렀다.

"치사토를 학대하는 데 그치지 않고 그 몸도 더럽히려 했느냐?"

"아냐!"

아무래도 이즈미는 폭주해 버린 모양이다. 그것을 받아들일 상대라면 괜찮지만 치사토는 강경하게 거부했다. 쾌락으로 인한 눈물이라면 몰라도 공포와 절망에 젖은 눈물을 흘리게 하다니 용서할 수 없다.

"확실히 말하마. 치사토는 나의 것이다."

"아, 아키마사!"

"나는 치사토를 사랑스럽게 여기고 있으며 그 모든 것을 나의 것으로 만들고 싶다고 계속 바라고 있다. 신의 가호로 우연히 만났지만 지금도 감사하고 있고, 손에 넣은 행운을 놓치지 않도록 항상 노력을 하고 있느니라."

치사토에 대한 사랑의 말은 아끼지 않도록 하고, 가능한 한 그 뜻에 따르는 생활을 보내게 해주겠노라 다짐했다.

단 하나, 천계로 돌아가는 것만은 용서하지 않았지만.

그런 자신과 이즈미는 도대체 무엇이 다른 것일까. 한 발만 삐끗했더라면 눈앞의 이즈미는 코요의 모습이었을지도 모른다. 하지만 실제로 치사토는 자신과 혼례를 올리고 정식으로 아내가 되었고, 앞으로도 놓아줄 생각은 추호도 없다.

정말 치사토를 손에 넣고 싶다고 바란다면, 고식적인 수단은 쓰지 않고 정정당당하게 코요와 대치하면 좋았을 것이다.

그것도 이제 와서는 모두 늦었다.

"치사토, 너는 이즈미의 마음에 응할 생각이 있느냐?"

"없…… 어."

이제 와서 호의를 받은들, 치사토가 아무 일 없이 받아들일 수 있을 리도 없다.

"들었느냐? 너의 마음은 이미 이루어지지 않는다."

"……크으."

이즈미의 온몸에서 뿜어져 나오던 적의가 점점 시들어가는 것이 느껴졌다. 코요의 말보다 치사토의 분명한 거절 쪽이 충격이 더 컸으리라.

치사토도 뭐라 말할 수 없는 표정으로 잠시 동안 이즈미의 모습을 응시했지만 문득 정신을 차린 것처럼 일어서려고 했다.

"치사토?"

완전히 힘이 빠진 탓인지 곧바로 마음먹은 대로 움직일 수는 없었지만, 코요가 손을 빌려주어 간신히 일어설 수 있었다.

"나, 할머니한테 다녀올게."

"조모님께?"

"걱정하시면 안 되니까……."

"아아, 그렇군."

모두가 큰 소리를 내지는 않았지만 그래도 방금 전의 소란은 조용한 집 안에 울려 퍼졌을지도 모른다. 설마 자신의 손자가 남자에게 습격당하고 있을 줄은 상상도 못했겠지만, 싸움을 하고 있다는 오해를 하게 했을지도 모른다.

"나도 함께 갈까."

"……혼자 가도 괜찮아."

그렇게 말한 치사토는 빠른 걸음으로 방을 나갔다. 조금이라도 빨리 이즈미와 거리를 두고 싶었는지도 모른다며, 코요는 아직도 고개를 숙이고 있는 이즈미를 보았다.

"어떻게 하겠느냐."

"……."

"내일 아침 일찍 돌아가겠느냐?"

사실은 지금 당장이라도 집에서 쫓아버리고 싶지만 갈 수단이 없다면 여기서 무는 것도 어쩔 수 없다. 그러나 지금과 같은 짓을 미연에 방지하기 위해서라도 엄중하게 감시할 작정이다.

'구속하면 더 안심이지만…….'

하지만 아무리 그래도 밧줄로 묶을 수도 없다. 문득 창고 안에 가둔다는 수단도 머릿속에 떠올랐지만, 그것도 즉시 취소했다. 그 창고는 아마 천계와 코요의 나라를 잇고 있는 신성한 장소다.

'그런 곳을 더럽힐 수는 없지.'

"어쩔 수 없군. 오늘 밤은 나와 함께 지내게 되겠구나."

"어……."

"치사토는 너와 함께 있는 것을 싫어할 게다. 나도 치사토의 몸에 무슨 일이 일어날지 근심하고 싶지는 않다. 그렇다면 나 자신이 너를 지켜보는 수밖에 없겠지."

하룻밤 잠들지 않는 정도야, 지금까지 정무가 바쁠 때에는 몇 번이나 있던 일이다.

"당신이랑……."

"불만이냐?"

"……당연하지."

여전히 입으로는 지지 않는 그 모습을 보고 코요의 입에는 이유 모를 미소가 떠올랐다.

맷집이 참 좋달까, 분명히 치사토에 대해서는 반성한 기색을 보이고 있었지만, 적대하는 코요에 대한 반발심은 아직도 가지고 있는 것 같다.

풀이 팍 죽어서 그저 후회에 무너져 버리는 것보다는 이쪽이 가차 없이 대할 수 있다.

"너는 마루방에서 자겠느냐."

"당신이랑 함께 잘 정도라면 그게 낫지."

"물론, 내가 감시하겠지만 말이다."

"……."

이즈미를 말로 괴롭히는 동안 치사토가 돌아왔다. 침구 위에 떡하니 앉아 등을 꼿꼿하게 펴고 이쪽을 향하고 있는 이즈미의 모습을 보고 순간 멈칫했지만, 코요는 상관하지 않고 물었다.

"조모님은?"

"깨어나셨어. 하지만 아무 말씀도 안 하시던걸. 그냥, 친구들과 사이좋게 지내라고만 하셨어."

곧이곧대로 받아들인다면 평범한 말이지만 방금 전 치정 싸움을 벌인 참이라 묘하게 가슴이 아프다.

치사토도 같은 생각을 하고 있는지 표정은 어두웠으나, 할머니의 상태를 보고 안심했는지 아니면 약간이지만 시간을 두고 침착해졌는지, 이즈미에게 겁을 먹은 모습은 조금 가라앉은 듯했다.

그럼에도 불구하고 두 사람의 관계가 원래대로 돌아가는 일은 없을 것이다. 아니, 이즈미가 육욕을 동반한 자신의 마음을 깨달은 시점에 지금까지의 태도와 같을 수가 없다.

단, 치사토가 거기에 응할지 아닐지—물론, 코요가 몸을 던져 저지할 생각이다.

"그래서, 그러니까……."

"오늘 밤, 이즈미는 마루방에서 잔다더군."

"뭐?"

치사토가 놀란 듯이 시선을 보내자 이즈미는 눈을 피하지 않고 가볍게 고개를 끄덕였다.

"머리 좀 식히려고."

"식히다니…… 복도인데?"

그런 식으로 말해 버리는 것이 치사토가 마음 착한 증거다. 자신을 덮친 남자는 그냥 내버려 두면 좋을 텐데, 그러지 못하는 치사토가 어리석고 사랑스럽다.

정말 괜찮은 걸까 하고 치사토가 이쪽을 바라보았다. 코요는 느긋하게 턱을 당겼다.

"본인이 원하는 것이니, 상관없겠지."

"……아침에 할머니가 놀라실걸."

"그 전에 내가 두들겨 깨워주마."

"……알아서 일어날 수 있어."

"그렇다고 한다."

이제 이 이야기는 여기까지라며 코요는 미닫이를 열고 이즈미를 보았다. 이즈미는 곧장 일어나서 그 차림 그대로 치사토의 옆을 지나갔다.

"잠깐만!"

지나치려던 이즈미를 불러 세운 치사토는 근처에 있던 얇은 이불을 들고 억지로 밀어붙였다.

"코미야⋯⋯."

"감기라도 걸리면 곤란하니까!"

"⋯⋯고마워."

이즈미가 방을 나가자 깊은 한숨을 내쉰 치사토가 제 자리에 주저앉았다. 아무래도 긴장이 풀린 것 같았다.

코요는 그런 치사토의 몸을 안고 다른 침구에 눕힌다. 자신도 빠르게 그 옆에 몸을 밀어 넣고 어깨를 껴안자 그다음 행위를 예상했는지 치사토는 딱딱하게 굳었다.

'나도 그렇게까지 피도 눈물도 없지는 않아.'

코요는 이불을 가지고 와 그대로 두 사람의 몸에 덮었다.

"⋯⋯."

"⋯⋯."

"⋯⋯."

"안 해?"

"하고 싶으냐?"

잠시 후, 전혀 움직이려 하지 않는 코요를 이상하게 여겼는지 치사토가 묻기에 농담처럼 대답을 했다. 아무래도 치사토도 그것이 말장난이라는 것을 이해했는지, 품 안에 있는 몸에서 힘이 살짝 빠졌다.

"……나…… 이즈미가 그런 생각을 할 줄은…… 짐작도 못 했어……."

"그런가? 나는 이야기만으로도 놈이 너에게 호의를 품고 있는 것은 알았는데."

"……."

"하긴, 놈의 방식은 어리석어, 너의 마음이 움직이리라고는 생각할 수 없었지만."

사랑하는 상대를 마음껏 놀리고 싶다.

울리고 헐떡대게 만들고, 쾌락에 빠뜨리고 싶다고 생각하는 것은 남자의 본능이다. 코요도 치사토의 우는 얼굴을 보면 오싹오싹 관능이 자극되고 가학심에 한층 마음을 빼앗길 것 같았다.

하지만 그 반면에 사랑의 말을 전하는 것을 마다하지 않았다. 치사토가 싫어해도 도망쳐도 자신이 얼마나 아끼고 있는지를 계속 전했다.

그렇다고 자신이 한 모든 행위가 용서받으리라고 생각지는 않지만, 호의를 일절 보이지 않는 상태였던 이즈미보다는 치사토의 마음을 잡을 수 있었다고 생각한다.

"자도 괜찮다."

"……."

"오늘은 덮치지 않을 테니."

생각보다 강하게 퍽하고 등을 얻어맞았다.

"그런 말을 하니까 신용을 잃는 거야."

그렇게 말하면서도 등을 치던 손이 단단히 달라붙었다.

"아무것도 우려할 일 없다. 내가 옆에 있느니라."

"……."

치사토는 대답하지 않았지만, 그래도 약간 고개를 끄덕이는 기척이 났다. 아무래도 조금은 의지하는 모양이다.

황소 뒷걸음으로 개구리를 잡은 격이랄까, 이즈미의 존재로 인해 치사토가 이쪽으로 다가온 것 같은 느낌이 든다. 그것이 함께 코요의 나라로 돌아가는 데까지 이르지 않은 것은 유감이지만, 그래도 피로연을 열었던 그때보다 치사토의 마음이 가까이 다가온 것이 기쁘다.

'빨리 나의 나라로 돌아가고 싶구나…….'

지금의 치사토과 함께라면 나라를 더욱더 풍요롭고 크게 만들 수 있을 것이다.

할머니를 걱정하는 치사토의 상냥한 마음은 알지만, 코요 이외에 의지할 자가 없는 나라에서 온 신뢰와 사랑을 쏟아주었으면 한다.

"……치사토?"

"······."

"치사토."

몇 번이나 이름을 불러도 치사토는 대답하지 않았다. 그 대신 희미한 숨소리가 들려온다. 눕고 나서 그다지 시간도 지나지 않았는데 벌써 잠든 모양이다.

'상당히 지친 모양이로군.'

미닫이 너머 마루방의 기색을 살펴보자 아직 뒤척이고 있는 듯했다. 저쪽은 잠 못 드는 밤을 보낼 것 같다.

코요는 품속에 있는 작고 따뜻한 존재를 꼭 껴안으면서 자신도 얕은 잠에 빠졌다.

"······선언한 대로 스스로 일어난 거냐."

코요가 미닫이를 열었을 때 이미 이즈미는 유리판을 등 지고 앉아 있었다. 한껏 비아냥대는 코요의 말을 듣고 눈을 가늘게 뜨고 노려보지만, 딱히 반박하지는 않았다.

이즈미는 힐끗 코요의 뒤에 시선을 보내더니 망설이면서 물어보았다.

"······코미야는?"

"치사토는 아직 자고 있다."

너무 잘 자고 있었기 때문에 깨우지 않으려고 세심한 주 의를 기울여 잠자리에서 나왔을 정도다. 물론 그 김에 잊지 않고 희미하게 벌어진 벚꽃색 입술에 부드러운 입맞춤을 떨어 뜨렸지만.

코요는 유리문과 덧문을 열었다. 하늘은 겨우 동이 트기 시작할 무렵이다.

"……생각해 봤는데……."

"무어냐."

"당신 그거, 그 말투 희한하단 말이야."

"내 말투 말이냐?"

그런 말을 들어도 잘 이해가 안 되지만, 차근차근 다시 생각하면 어제 마을에 갔을 때 지나가는 남자도 여자도 잘 모르는 말을 주고받고 있었다. 아니, 잘 들으면 무슨 말을 하는지는 이해할 수 있지만 내용 자체를 코요는 모르는 데 다, 무엇보다 너무 말씨가 거침없었다.

시중드는 젊은 궁녀와 어린 오오카(櫻花)조차 아름다운 말씨를 사용하기 때문에, 아무리 외모를 치장하고 있어도 천계의 여인들에 비교해도 코요의 눈에 드는 상대는 한 명 도 없다는 것이 놀라웠다.

문화는 각각 다르지만, 그 말씨는 치사토이기에 용서할 수 있는 모양이다.

"내가 보기에는 너희의 말투가 이상하다."

"……당신, 누구야?"

갑자기 말을 꺼낸 이즈미에게 코요는 그저 조용히 시선을 보냈다. 천인에게 코요의 세상을 다스리는 천황이라고 해도 그다지 큰 의미는 없다고 생각하기 때문이다.

"너는 내 정체에 대해서는 그다지 관심이 없을 텐데?"

"어?"

"네가 알고 싶은 것은 나와 치사토와의 관계겠지. 내 말이 틀렸느냐?"

언제 어디서 만났나. 치사토는 어디까지의 사이인가.

코요는 웃었다. 여기까지 와서 분명한 사실을 알고 더 낙심하면 어쩌겠다는 말인가. 말끝을 흐리는 것은 간단하지만, 코요가 거기까지 이즈미를 배려할 필요는 없다.

"말해주마. 치사토는 내 아내다."

"······아내? 아내라니······."

아무래도 남자끼리 결혼까지 하리라고는 생각할 수 없었던 것 같다. 코요의 나라에서는 겉으로는 남자를 아내로 맞이하는 사람은 적지만 첩으로 두고 바깥 살림을 하는 자는 의외로 많다. 그 때문인지 아내라는 입장에 있는 남자의 존재는 기이하지 않았다.

"혼례도 올렸다. 치사토는 몸도 마음도 나의 것이다."

"혼······ 례, 라니, 하지만······."

"이 천계에서는 남자끼리의 결혼은 인정되지 않는다고

치사토에게서 들었다. 하지만 우리나라에서 성대하게 피로연도 열었느니라. 누가 뭐래도, 치사토는 이미 내 것이다."

코요는 어안이 벙벙한 이즈미에게 느긋하게 웃어 보였다. 이제 이즈미는 치사토를 포기할 수밖에 없을 것이다.

*　　　*　　　*

'……가시방석이네…….'

할머니 앞에서 대놓고 이즈미를 피할 수도 없는 노릇이고, 치사토는 어제 아침처럼 아침 식사를 준비하고 그 앞에 앉았다.

아침에 얼굴을 맞대자마자 사과를 했고, 애초에 어젯밤 일은 이즈미가 잠시 정신이 나가서 저지른 짓이라고 믿으려던 치사토는 사과를 받아들였다. 하지만 스쳐 지나갈 때 문득 팔이 닿거나, 방금 전 밥을 퍼줄 때 손가락이 닿아 버렸을 때, 자기도 모르게 화들짝 놀라서 몸을 빼버렸다.

그때 보이던 이즈미의 괴로워 보이는 얼굴에 치사토는 묘한 죄책감을 느꼈다. 지금까지 신나게 놀림받고 괴롭힘을 당했으니 겨우 이 정도로 죄책감을 느낄 필요는 없다고 생각하는데, 최근 며칠 동안 보여준 이즈미의 몰랐던 면모를 생각하면—

"치사토."

코요가 말을 걸자 치사토는 퍼뜩 고개를 들었다.

"왜 그러느냐?"

"아, 아무것도 아냐."

이제 생각하지 말자. 가볍게 숨을 토해내고 기분을 진정시킨 치사토는 식사가 끝난 것 같은 이즈미를 찾아갔다.

"오늘 집에 갈 거지?"

"……"

"……"

"……"

'왜 가만히 있는 거야!'

이 경우는 '갈 거야'라고 말하는 것이 정답일 것이다. 이대로 여기에 있어봤자 이즈미도 어색할 텐데, 남는다는 선택을 하리라는 생각은 도저히 들지 않는다.

"치사토, 모처럼 왔으니 이즈미 군에게 느긋하게 놀고 가라고 하지 그러니?"

아무것도 모르는 할머니가 붙잡으려고 하자 치사토는 다시 한 번 이름을 불렀다.

"이즈미."

할머니 앞에서 치사토가 먼저 쫓아낼 수는 없다. 그래서 빨리 돌아간다고 말해달라고 시선으로 재촉했지만, 이즈미는 치사토를 보고 이어서 코요에게 눈을 돌리고는, 오늘 처음 보여주는 웃는 얼굴로 할머니에게 말했다.

"감사합니다."

"……!"

'그거, 어느 쪽 의미야?'

감사합니다. 하지만 오늘 돌아갑니다.

감사합니다. 좀 더 신세질게요.

어느 쪽으로도 받아들일 수 있는 말투를 듣고, 지금까지 보아왔던 짓궂은 이즈미의 얼굴을 다시 생각해 냈다. 이렇게 제멋대로일 줄이야, 이러고도 이즈미가 자신에게 호의를 가지고 있다니 도저히 생각할 수 없다.

"잘 먹었습니다!"

오히려 자기가 잠자코 있기 힘들어진 치사토는 그릇을 가지고 부엌으로 향했다. 코요와 이즈미까지 그 뒤를 졸졸 따라왔다.

"코미야, 도와줄게."

"그럼, 전부 맡길게!"

하룻밤 이상 묵는다면 손님 취급 따위 하시 않는다.

치사토는 두 사람을 내버려 두고 신속하게 다른 집안일을 끝마치고, 코요를 두고 창고로 향했다. 본래는 코요를 돌려보내는 방법을 생각하는 곳이지만 왠지 혼자 있고 싶었던 것이다.

"아……."

'진짜 뭐하는 거야, 나는…….'

차가운 나무 바닥에 벌렁 드러누워 황갈색으로 변화한 나무 벽을 말없이 응시한다. 그대로 주위를 빙 둘러보았다.

"……차분해지네……."

올 여름은 계속 여기에서 보냈던 탓인지, 공기가 피부에 맞는다.

코요와 찾아올 때는 항상 언제 돌아갈지 긴장하고 있는 탓에 진정되지 않는데, 혼자라면 이렇게도 공기가 다르구나 하고 절실히 느꼈다.

"……어?"

누운 채 바닥에 시선을 옮긴 치사토는 궤 옆에 놓여 있는 오래된 찻장 뒤에서 뭔가 흘깃 보이는 것을 눈치챘다. 도대체 뭘까 하고 기어서 다가가 손을 뻗어본다. 간격이 좁기 때문에 치사토의 팔이 간신히 통과할 정도였다.

"응…… 으음, 얍…… 잡았다!"

손가락을 펴서 어떻게든 당겼다. 막상 꺼내고 보니 그것은 본 기억이 있었다.

"이것은…… 그 부채?"

치사토가 저쪽 세계에 갔던 그날 우연히 기모노와 함께

있었던 큰직한 부채임에 틀림없다.

손잡이 부분에 조작되어 있는 그 그림까지 기억하고 있는 것은 피로연이 다가오던 그날 코요의 손으로 전달되었기 때문이다.

틀림없이 여기에 돌아올 때의 그 난리통에 두고 온 줄 알았는데, 어느새 가지고 돌아온 모양이다. 창고 안에 있는 것은 모두 할머니가 소중히 여기고 있기 때문에 다행이라고 안도한 치사토는 그것을 다시금 활짝 펼쳐 보았다.

"역시 예쁘단 말이야."

예쁜 연분홍색 벚꽃이 활짝 핀 그림. 물론 금박 등으로 장식되어 호화롭지만, 이 그림만으로도 넋을 잃을 정도로 좋았다.

원래 이러한 오래된 소품에는 관심이 없었지만, 저쪽 세계에 갔다 와서 그런지 그 장점을 약간 깨달은 것 같은 생각이 들었다.

"할머니도 장식하시면 좋을 텐데."

창고 속에 계속 넣어두면 불쌍하다.

"아, 그러고 보니 그때 옷노 같이 찾았지? 그것도 어딘가 틈새에 끼어들어 갔으려나?"

궁금해지자 아무래도 확인하고 싶어져서, 치사토는 그 자세 그대로 장롱부터 조사해 봤다. 그러나 오래된 기모노는 몇 벌 있었지만, 그때 보았던 금 자수가 새겨진 기모노는 찾을 수 없었다. 설마, 그것도 저쪽 세계에 가져가서 잊어버린 채로 돌아온 것일까.

'그거, 큰일 아냐……?

"아…… 그렇게 말한다면, 안경도 그러네."

역시 완전히 다른 세계의 문화를 놓고 오거나 가르치거나 하면 안 될 것 같은 느낌이 든다. 하지만 가벼운 마음으로 가지러 갈 수도 없으니 결국 포기할 수밖에 없는가 하고 한숨이 새어 나왔다.

"……"

'……누가 왔나?

창고의 문이 열리는 무거운 소리가 났다. 안에서 빗장이 걸리고 오래된 나무 계단을 걷는 삐걱대는 소리에 이어,

"치사토."

치사토는 부드럽게 자신의 이름을 부르는 소리에 돌아보지 않은 채 가만히 부채만 보고 있었다.

"나를 두고 가면 어떻게 하느냐."

"……"

"돌아가는 방법은 둘이서 찾는 게 아니었더냐?"

"……그렇긴, 하지만……."

"나도 몇 번이고 여기에 발길을 옮기는 중, 이 창고의 공

기를 기분 좋게 느끼게 되었다. 물론 너와 함께 있는 탓도 있겠지만 말이다."

"……."

'느끼한 대사…….'

여자아이라면 기뻐하겠지만 남자인 치사토에게는 전혀 효과가 없다―그런데, 고개 숙인 귀와 뺨이 뜨거워져서, 치사토는 초조해하며 얼버무리려는 것처럼 손가락으로 문질렀다.

"왜 그러느냐?"

갑자기 그런 행동을 취하는 치사토를 의아하게 여기던 코요가 천천히 다가오는 기색이 나, 치사토는 황급히 몸을 당겨 상반신을 일으켰다.

"……정말, 너의 행동은 예측할 수 없구나."

일 미터도 떨어지지 않은 곳에서 손을 내밀고 있던 코요는 웃으며 그 자리에 한쪽 무릎을 세우고 앉았다. 유카타의 옷자락이 크게 벌어져서, 그 안쪽이 어떻게 되어 있는지 알고 있는 치사토는 반사적으로 눈을 돌렸다.

'속옷 좀 입으라고 그랬는데!'

어제 마을로 외출할 때에는 아무리 그래도 속옷을 입어 달라고 했지만 이 집에 있을 때는 조이면 답답하다고 하여 코요의 유카타 아래는 맨살이다.

원래 기모노를 입을 때는 속옷을 입지 않는 것이 상식인 것 같고, 전통복식을 입는 게 익숙한 탓인지 옷자락을 헤치고 걷는 발걸음도 아름다워 평소에는 상관없었지만, 치사토는 갑자기 흐트러져 버리는 때가 있는 기모노 자락이 줄곧 신경이 쓰였다.

지금도 아마 코요는 속옷을 입고 있지 않다. 봐서는 안 된다고 생각할수록 자꾸도 시선이 갈 것 같아서 필사적으로 참았다.

"치사토."

그런 치사토의 망설임은 전혀 모르는 코요는 언제나처럼 오른손을 내밀었다. 제일 처음 방법을 설명했을 때부터 왠지 치사토는 코요의 손과 자신의 손을 함께 궤 안에 넣었다.

어제는 왠지 진지한 코요의 곁에 있는 것이 조금 무서워서 그와 함께 궤 속에 손을 넣을 수 없었다.

지금 생각해도 그때의 자기 기분은 잘 모르겠다.

"아, 알았어."

어쨌든 매일 이것만은 반드시 계속하고 있기 때문에 치사토도 궤 옆으로 다가가서 코요의 손을 잡았다.

"……해보자."

"아아."

"……."

"……."

안에 아무것도 없는 궤 속에 잠시 함께 손을 넣고 있었다. 그때 느꼈던, 빨려 들어가는 듯한 느낌은 여전히 들지 않았고, 이윽고 코요는 고개를 저으며 쓴웃음을 지었다.

"오늘도 무리였구나."

"……응. 하지만 절대로 안 된다고는 할 수 없으니까……."

"그렇지."

유일한 단서가 이곳이다. 변화가 있을 때까지 계속 시도하는 수밖에 없다고 생각한 치사토는 문득 옆얼굴에 쏟아지는 시선을 느끼고 고개를 들었다.

"……뭐야."

"너를 보고 있으니 참 좋구나."

"바, 바보 같은 소리 하지 마!"

'태연한 얼굴로 말하는 것이, 하여간 난봉꾼이라니까!'

코요가 계속 떨구는 달콤한 말은 그쪽 세계라면 비현실적이라 '네, 알았습니다'라고 흘려들을 수 있었다. 일일이 신경 쓰기 전에 주위를 보는 데 필사적이었다.

그러나 이곳 현대에서는 아무래도 말의 생생한 의미를 느끼고 만다. 가볍게 말하는 것뿐인지도 모르는데, 신경 쓰는 자신이 더 이상한지도 모르는데, 귀를 통해 뇌에 직접 울리는 것만 같았다.

치사토는 다시 한 번 얼버무리듯 귓가를 문질렀다. 문지르면 문지를수록 거기는 뜨거워지고, 다시 문지르고, 그런 일을 반복하고 있노라니 갑자기 큰 손이 겹쳐왔다. 부드럽게, 때로는 열정적으로 치사토의 피부에 닿는 관능적인 손.

"!"

"왜 그러느냐, 치사토."

"귀, 귓가에서 말하지 마!"

"……내 목소리로 느끼고 있느냐?"

"바보야!"

반사적으로 때리려고 손을 올린 치사토는 반대로 팔을 잡힌 채 강하고 넓은 가슴에 안겼다.

"아키마사!"

갑자기 안기는 바람에, 어떻게 하면 좋을지 몰라 그저 도망치려고 몸을 비틀었다. 최근에는 싫어하는 것을 알면 즉시 풀어주는데, 오늘은 왜인지 전혀 놓아줄 기색이 없었다.

"아, 아키마사?!"

"이즈미를 거절해 주었지?"

갑자기 그 이름이 나오자 치사토는 움직임을 멈춘다.

어젯밤에 벌어졌던 그 일은 이제 없었던 것으로 하고 싶은데, 다시 이야기를 들으면 무의식적으로 공포가 되살아나서, 한심하지만 저항도 할 수 없다.

"너 자신을 허락할 상대는 나뿐이라고, 그렇게 생각해준 게지?"

"아냐……."

그것은 아니다. 이즈미에게 깔렸을 때 치사토가 절망한 것은 겨우 화해할 수 있을지도 모르던 상대에게 또 다시 굴복당한 슬픔 때문이었다.

이즈미가 무서워서 계속 무시하며 도망쳐 다녔는데 일부러 시골까지 온 이즈미의 평소와는 다른 태도를 보고 작은 기대를 걸었기에, 배반당해서 분했다.

하지만 정말 그것뿐이었을까—

"도…… 와줘!"

"……키, 마사!"

코요가 냈던 키스 마크 위로 이즈미에게 입맞춤 당했을 때 기분이 나빠서 왠지 너무 충격이었다.

짓누르던 이즈미의 몸을 떼어내고 안아준 팔에 진심으로 안도했다.

그것도 다, 단지 그 자리의 분위기에 휩쓸려서 감정이 고조되었기 때문이라고 단언할 수 있을까.

"치사토."

"아……."

"사랑한다."

그리고 키스를 받았다. 머리가 바닥에 부딪치지 않도록 손으로 떠안고 창고의 판자 위에서 살짝 위로 향해 눕혔다.

아까와 같은 자세인데 지금은 고개를 들면 코요의 얼굴이 있다. 눈부신 천황의 복장을 입지 않은, 현대의 유카타를 입고 머리를 내린, 지난 며칠 겨우 눈에 익은 남자의 모습.

"아프냐?"

마루 위에 직접 눕혔기 때문에 이렇게 물어본 것이리라. 확실히 딱딱하긴 하지만 지금 이 상황에서는 아직 통증은 느끼지 않는다.

맨살로 흔들리고 마루와 피부가 마찰되지 않는 한.

'나…… 어떻게 된 걸까……?'

여기에서만은 끝까지 안기지 않을 작정이었는데, 지금 눈앞에 있는 코요의 손가락을 거절할 수 있을 것 같지 않다. 그뿐만 아니라 자기 스스로가 이렇게 손을 뻗어 코요를 안으려고 하다니 어떻게 되어버린 거다.

"치사토."

크게 저항하지 않는 치사토를 보고, 코요의 얼굴은 희색을 띠기 시작했다. 고작 그 정도 일로 이토록 기뻐하다니 지금까지 내가 얼마나 귀염성 없는 태도였던 것일까. 그대로 내려온 입술이 이마에 눈꺼풀에, 코에, 뺨에 마치 소중한 보물을 만지듯이 닿는다. 간지럽고 어딘가 행복해서, 치사토는 등에 뻗은 손으로 코요의 유카타를 당겼다.

"……왜?"

코요의 미소가 깊어지고 치사토는 궁금해서 물어본다.

"정말 이 세계는 편리하구나."

"어?"

"이렇게 너와 포옹할 때마다 너의 신체의 구석구석까지 보이는 불빛이 있고, 벗기기 쉬운 옷을 입고 있으니 말이다. 저쪽으로 돌아가거든 같은 것을 만들게 할까."

그 헤이안 시대 같은 훌륭한 저택에서 티셔츠 차림의 자신과 유카타 차림의 코요가 나란히 서 있는 모습을 상상하면…… 웃긴다. 하지만 여성의 몸가짐과 정취를 소중히 하는 그 세계의 여인들에게는 틀림없이 악평이리라.

"그, 그런 걸, 어떻게 해."

라며 치사토는 웃었다. 눈앞의 코요도 웃고 있다.

"마츠카제라면 만들 수 있을 것이다. 하지만 너의 옷은 정취가 없다고 한탄할 것 같지만."

"마츠카제……."

"분명, 그것도 걱정하고 있겠지."

마츠카제와 사카에(榮), 오오카, 키요시게(淸重), 나카츠카사, 그리고 하기노(萩野).

그들은 없어져 버린 코요를 필사적으로 찾고 있을 것이다. 아마 치사토도. 자신이 살던 세계로, 현대로 돌아오게 된 치사토는 그저 기뻐하기만 하면 되지만, 상황은 그렇게 간단한 것이 아니었다.

그것을 생각하면 치사토는 복잡한 생각에 얽매인다.

"괜찮아, 치사토."

"아키마사……."

"없어져 버린 동안 나와 네 사이가 돈독해진다면 그놈들도 걱정을 끼친 것은 다 잊을 게다."

"……말도 안 돼."

마츠카제도 나카츠카사도, 비록 상대가 천황과 왕비 상대라고 해도 가차 없이 꾸짖을 것 같다. 하지만 두 사람이라면 틀림없이 잔소리도 반으로 나눌 수 있을—

'……엥, 뭐라고? 나……?'

저쪽 세계에 가는 것은 코요 한 사람이다. 치사토는 이대로 이곳에 남는다. 돌아가서 잔소리를 듣는 건 코요 한사람일 텐데.

자신까지 돌아가는 것을 상상하다니 이상하다. 겨우 돌아와 마음에 여유가 있는 탓에 그런 생각을 하고 마는지도 모른다. 치사토는 다시 아래쪽에서 코요를 쳐다보며 말했다.

"나는 안 갈 거야. 내가 살 곳은 여기라고."

"나와 함께 돌아가자. 네가 있을 것은 내 곁이다."

아니라고 반박하려던 말은 그대로 겹친 코요의 입속으로 사라진다. 반바지 위로 엉덩이를 주무르고, 가끔 그 틈에 손가락이 미끄러져 들어와서 상하로 비빈다.

"응, 앗."

손은 그대로 앞으로 이동하여 밑단으로부터 들어왔다. 비좁은 탓인지 큰 손은 자유롭게 움직일 수 없는 것 같아, 그래서 불필요하게 아랫도리에 밀착되었다.

질척한 소리를 내면서 얽히는 혀의 움직임처럼, 또 다른 손이 솜씨 좋게 티셔츠를 걷고 살짝 고개를 든 가슴의 돌기를 집었다. 여자에 비하면 훨씬 작은 존재지만, 여기를 건드리면 분신에 열이 몰려든다.

지금도 반바지에 들어가 있는 코요의 손 때문에 괜히 자극받은 음경은 이미 속옷 속에 갇혀 있는 것이 거북할 지경이었다.

"……앙, 버, 벗겨줘."

양 허벅지로 코요의 손을 꽉 끼우자 맞댄 입술이 문득 미소 지은 것을 알 수 있다. 이미 달아오른 몸의 상태를 들켰다고 생각하면 부끄러운데 지금은 한시라도 빨리 분신을 바깥에 노출하고 싶다.

재촉하듯이 더욱 다리에 힘을 주자 귓가에 키스를 한 후 부자연스럽게 반바지에 들어가 있던 손이 빠져나가더니 이번에는 제대로 웨스트 부분에 손가락을 걸었다. 고무로 되어 있는 그것을 죽 아래로 당기기만 해도 쉽사리 무릎 근처까지 내려와, 치사토의 아랫도리는 순식간에 노출되었다.

"아름답구나."

"뭐, 뭐야, 갑자기……."

빼빼 마르기만 했지 어디에도 눈길을 끌 만한 장점은 없는 게 분명한데도, 코요는 항상 말을 아끼지 않고 칭찬해준다. 립서비스라고 생각하면서도 기쁘지 않을 리가 없어, 결국 저항하는 힘이 빠져 버리는 것은 어쩔 수 없다고 포기할 수밖에 없었다.

문득 움직인 시야에는 이미 솟아올라 끝을 적시고 있는 자신의 분신이 보인다. 아직 손가락만 닿았을 뿐인데, 그것만으로도 벌써 이렇게 느끼고 있는 것이다. 그렇게 생각하면 쾌락에 너무나도 약한 몸이 한심하지만, 코요는 이런 자신의 몸을 사랑해 준다. 이 남자 앞에서는 아무리 욕망에 충실해져도 된다고 생각하면 그것만으로도 마음이 편해졌다.

하지만 자신만 꼴사납게 나신을 드러내기는 싫다. 치사토는 코요의 띠에 손을 대고 어떻게든 풀려고 하지만 매듭이 복잡해서 꿈쩍도 하지 않았다.

"응!"

왠지 오기가 나서 치사토는 양손을 돌렸다.

"……뭐야!"

더 가까이 매달리는 자세가 된 탓인지 코요의 목덜미에 얼굴이 달라붙는 바람에 간지러운지 목을 떨며 웃고 있다. 그러자 그 진동이 밀착되어 있는 치사토의 몸에도 전해져, 왠지 몸이, 가슴이 뭉클하니 뜨거워진다.

'이, 이런……. 어째서?!'

지금부터 섹스를 하는데 이런 식으로 따사롭고 간지러운 행복감을 느끼는 것은 처음이다. 육욕뿐만 아니라 몸 안쪽 깊은 곳이 따뜻해지다니, 도대체 내가 어떻게 뇌어버린 것일까.

"진정해라, 치사토. 나도……."

팔을 뒤로 돌린 코요는 띠를 쥐고 있는 치사토의 손을 살짝 손가락으로 쓰다듬었다. 놀란 치사토가 손을 홱 떼자 코요는 놀라울 정도로 쉽게 띠를 풀고, 유카타 앞섶이 활짝 벌어졌다.

'……이런 게 아름다운 거지…….'

자신과는 다른 딱 벌어진 어깨에 부러울 정도로 두꺼운 가슴. 탄탄한 허리를 넋을 잃고 내려다보면 그 밑에 늠름하게 솟아오른 양물이 나타났다.

몇 번이나 신체 깊숙이 받아들인 게 믿기지 않을 정도로 우람한 남근은 애욕에 젖은 지금도 아직 조금 두려울 정도다. 부피가 커지고 혈관이 부각된 기둥은 마치 다른 생물 같고, 받아들이는 것 자체가 곤란하게 생각될 정도의 크기다.

그래도 조심조심 손을 뻗어 만져 보면 손안에서 움찔댄다.

'귀여울지도.'

외관은 귀엽지 않지만, 감촉은 기분 좋다. 이미 끈끈한 액체로 손가락이 더러워졌지만 치사토는 전혀 아랑곳하지 않고 기둥까지 문질러 보았다.

"……큭!"

머리 위에서 코요가 숨을 참는 기색이 난다. 항상 코요가 일방적으로 만지기 때문에 그가 이런 식으로 반응하니 어쩐지 즐겁다.

"기분, 좋아?"

"아아."

"여기, 도?"

이번에는 기둥의 뿌리, 묵직한 무게를 가진 두 개의 주머니도 주물러 본다. 한손으로는 모자라는 그것 또한 처음 만져봤다. 손바닥 안에서 더 크게 성장하는 양물. 자신의 서투른 애무에도 느껴주고 있다.

괴로운 것처럼 눈살을 찌푸리고 소리를 흘리는 것을 참듯이 입술을 굳게 다문 남자다운 얼굴에 희미하게 땀이 배어 코요의 쾌감이 얼마나 깊은지도 전해져 왔다.

'……응!'

그렇게 생각한 순간 하반신이 확 뜨거워진다. 그저 코요의 것을 애무했을 뿐인데 어느새 자신이 사정하고 말았다.

"……거짓말……."

실례를 한 것처럼 엉덩이 아래까지 젖은 치사토는 망연자실 코요를 바라보는 수밖에 없다. 자신의 배에 뜨거운 물보라를 느꼈는지, 분명 방금 전까지 지사토가 농락하고 있었던 코요의 눈이 뚝뚝 떨어질 것 같은 색기를 머금고 웃었다.

"이제 끝났느냐?"

"……어?"

"모처럼 네가 먼저 원했지만…… 역시 내가 귀여워하는 것이 더 좋구나."

어떻게 된 거냐고 반박할 새도 없이 치사토의 양손은 코요에게 잡혀 아까 푼 띠로 신속하게 구속되었다.

"아, 아키마사?"

"모처럼의 꿀이 넘치다니…… 아까운 짓을 했구나."

"우왁?"

"어허, 얌전히 있거라."

양 발목을 잡아채 크게 좌우로 벌린다. 그 기세로 허리가 뜨고 사정해서 하얗게 더러워진 분신에서 젖은 수풀까지도 코요의 눈에 노출되었다.

창고 속이라고는 해도 낮에는 작은 환기 창문에서 햇빛이 새어 들어오고 시야는 충분히 밝다. 몸을 숨기고 싶어서 어떻게든 자세를 바꾸려고 날뛰었지만, 그런 치사토의 저항도 즐거운지, 코요는 피부가 얇은 허벅지를 간질이듯이 슬슬 어루만지더니 말릴 새도 없이 음경을 입에 머금었다.

"히아악!"

뿌리까지 단번에 깊숙이 머금고 목구멍으로 자극한다. 뒷면을 젖은 혀가 휘감고, 끄트머리의 푹 팬 부분을 손가락으로 건드리자 치사토는 급속한 사정감에 휩싸였다. 아까 무의식 중에 갔던 때와는 달리 강제로 배출되는 그 행위는 견딜 수 없는 굴욕감도 있었지만, 성감에는 한층 박차를 가했다.

"치사토!"

남자의 입으로 분신을 훑는다. 집요한 입놀림에 치사토는 견디지 못하고 코요의 입안에 사정했다.

서로 알몸이 되어 단단히 팔을 두르고 포옹한다.

땀으로 손가락이 미끄러지지만 눈앞의 존재는 도망치지 않았다.

"으흥."

혀를 감고 키스를 하고, 이제 몇 번이나 사정했는지 모를 분신을 자극당하면서 치사토는 지금까지 생각하지 않았던 일—처음으로 제대로 된 섹스를 하고 있다고 느끼고 있었다.

이런 식으로 상대를 끌어안고 입맞춤을 하고 체액이 섞이는 것도 상관없다니, 마음이 없으면 할 수 없는 일이다. 억지로 강요당한 것도 아니고 아무리 그래도 이번에는 스스로 몸을 열었다고 자각할 수밖에 없다.

이즈미가 덧칠한 키스 자국에도 재차 코요가 이를 세웠

다. 약간의 통증은 느꼈지만 그보다 이즈미의 흔적을 지운 것에 안도했다.

"힘을 주지 말거라."

"으, 응!"

한쪽 다리를 들어 올리자 다시금 아랫도리가 노출된다. 스스로 쏟아낸 욕망으로 둔덕 사이의 골까지 끈적끈적하게 젖어, 코요의 긴 손가락이 집요하게 풀어놓은 봉오리가 외기에 떨었다.

곧 그곳에 뜨겁고 딱딱한 것이 닿았다. 지금부터 마치 다른 생물 같은 코요의 양물이 몸 안에 들어오는 것이다.

'숨, 내쉬어야……'

자랑거리도 되지 않지만, 치사토는 이제 신체가 편안하게 받아들이는 방법을 알고 있었다. 여러 번 호흡을 하고 타이밍을 맞추기 쉽도록, 스스로 자신의 다리를 안고 있다.

"오늘은 천천히 맛보마."

"으응아앗!"

봉오리가 크게 열리듯이 분신의 끄트머리가 꽂혔다. 단번에 뿌리까지 삽입되리라고 각오 했는데, 오늘은 애를 태우듯이, 아니, 열을 전달하듯이, 천천히 천천히 내벽이 열린다.

천천히 하기에 안에 있는 분신의 모양을 괜히 리얼하게 알 수 있어 치사토는 숨을 마셨다.

"⋯⋯흐윽."

그 호흡이 코요에게도 큰 자극이 된 것 같다. 사정감을 참기 위해서인지 다리를 누르고 있는 손에 힘이 들어가 치사토가 그 아픔에 신음했다.

"괜찮, 느냐?"

"더, 더해줘."

이렇게 완만한 움직임으로는 애가 탈 대로 탄 몸이 못 배긴다.

'더 안쪽으로!'

꿈틀거리는 내벽을 헤치고 서서히 서서히 안쪽으로 침입하는 그것은 부풀어 오른 끄트머리로 더욱 큰 쾌감을 준다.

이윽고 서로의 얼굴도 몸도 땀에 푹 젖을 무렵, 코요의 분신이 뿌리까지 치사토의 봉오리 속에 안착했다.

몇 번 경험해도 그 물건을 받아들이는 것이 신기해서 견딜 수 없다. 하지만 오늘은 평소와 달리 시간을 들여 삽입한 탓인지 통증은 서서히 사라지고 쾌감이 덮쳐왔다.

"응, 흥, 앙, 앗."

여유롭던 분신의 추삽질은 점점 격렬하고 복잡하게 변화하고, 치사토는 그것에 맞추기 위해 필사적으로 허리를 흔든다.

뿌리까지 삽입했는가 하면 이번에는 우산 부분까지 빠져나가고.

조용한 창고 안에 점액을 휘젓는 소리와 살갗이 부딪치는 소리, 코요의 거친 숨결과 귀를 막고 싶을 정도로 야한 자신의 신음 소리가 울려 퍼지고 있다.

'어, 쩌지.'

이제 이런 것은 하면 안 되는데 기분이 좋아서 견딜 수 없다. 몸뿐만 아니라 마음 깊숙이 범해지는 것 같아서 치사토의 의식은 몽롱해졌다.

"으응!"

키스를 하고 떨어진 입술은 목덜미로 미끄러져 내리더니 다시 따끔한 통증을 주었다. 이즈미에게는 한 번밖에 키스당하지 않았는데 대체 몇 번이나 여기에 자국을 낼 생각인 걸까.

티셔츠로는 쉽게 보이는 위치이기 때문에 조심하지 않으면 이즈미는 물론 할머니에게도 들켜 버릴지도 모른다. 순간적으로 그런 생각을 했지만, 단단히 허리를 잡혀서 흔들리는 사이에 아무래도 좋다는 생각이 들기 시작했다.

지금은 그저 이 쾌락에 잠기고 싶다.

"아, 갈, 것 같아, 이, 제!"

"그러거라."

몇 번이나 반복해서 내벽을 찌르며 허락하는 목소리와 함께 분신을 강하게 자극당한 치사토는 또 다시 코요의 배를 향해 사정했다. 얼마 지나지 않아 신체 깊숙이 뜨거운 물보라가 퍼지는 것을 알 수 있었다.

"허억, 허억, 허억."

발뺌할 수 없을 만큼, 온몸으로 교합했다.

치사토는 깊은 만족과 지나친 쾌감 때문에 눈을 감고 그대로 의식을 놓아버렸다.

*   *   *

온몸이 흰색 액체로 범벅이 된 전라의 치사토가 판자 위에서 몸을 둥글게 말고 거친 호흡을 반복하고 있다.

엉덩이의 봉오리에서는 대량으로 몸 안에 내뱉은 욕망이 약간씩 배어나와 치사토의 허벅지를 타고 바닥을 적시고 있었다.

오늘은 처음 치사토를 모두 손에 넣은 것 같다. 그만큼 훌륭하고 음란하고 기분 좋은 정교였다.

"치사토."

실신한 치사토는 그대로 얕은 잠에 빠져 버린 것 같았다.

깨우기에도 불쌍한 생각이 들어, 코요는 자신이 벗어 던진 유카타로 몸을 덮어주고, 희미한 빛이 새어드는 창고 안을 살펴보았다.

"정말 여기가 우리나라로 이어져 있는 겐가?"

물도 없고 달도 보이지 않는 이 장소에 이상한 요소는 보이지 않았다.

'……응?'

그 눈이 한 지점에서 멈췄다. 달콤한 쾌감으로 나른해진 몸을 움직여 손을 뻗은 코요는 아름다운 부채를 집어 들었다.

"내가 건네준 것이로구나."

'아니, 치사토와 함께 천계에서 떨어진 것인가.'

눈길을 끄는 벚꽃 무늬가 그려져 있는 아름다운 부채. 자신과 치사토의 결혼 피로연 전에 치사토에게 건네준 것이었다.

"……참으로 아름답구나."

다시 보아도 치사토에게 어울리는 부채여서, 코요는 차분히 보고 미소를 지었다. 이렇게 훌륭한 것이 잘도 이 천계에 있었다. 어딘가 모르게 코요의 나라에서 만드는 것과 비슷하지만 틀림없이 어느 세상에서도 비슷한 방식으로 만드는 것이리라.

농후한 정교 후에 나른해진 몸을 궤에 기대어 손에 든 부채를 가지고 놀면서, 코요는 방금 전에 안았던 치사토의 교태를 돌이켜보았다.

몇 번 맛보아도 달콤한 몸이 오늘은 특별하게 느껴졌다. 아마 치사토 자신도 같은 것을 느꼈으리라. 몇 번이나 몇 번이나 치사토가 입맞춤을 조르고 음란하게 허리를 흔들었다. 제정신으로 돌아왔을 때 치사토는 도대체 어떤 표정을 지을까.

부끄러워 얼굴을 붉게 물들일까, 아니면 느낀 것을 숨기기 위해 반발할까?

하지만 어떤 치사토라도 이제 그 마음을 의심하지 않아도 될 것 같았다. 살을 맞댔기에 알 수 있던 서로의 열. 그것은 분명 앞으로도 바뀔 일은 없다고 생각한다.

"그렇지? 치사토."

마침내 치사토의 마음을 온몸으로 느낀 코요는 한시라도 빨리 자신의 나라로 돌아가고 싶었다. 조금이라도 사이가 벌어지면 다시 치사토의 마음이 굳어버릴 우려가 있다.

모처럼 서로 통한 마음을 이제 놓고 싶지 않다.

하지만 돌아갈 방법을 치사토밖에 모른다는 게 문제로군, 이라며 지금 등을 기대고 있는 큰 상자 속으로 한쪽 팔을 축 늘어뜨려 본다. 약간의 냉기를 손가락에 느꼈다.

"이런 걸로 돌아갈 수 있을 리가……."

지난 며칠 동안 아무리 시도해도 전혀 변하지 않는 이 행동. 치사토가 말하니까 따르고 있지만, 정말 이것이 옳은 방법일까.

'평범한 궤로만 보이는데 말이다.'

바닥에 손을 대고, 어루만져 보았다.

"역시 아무것도……."

'방금?'

코요는 아주 작은 위화감을 느끼고 상자 속으로 몸을 내밀었다.

'바닥이…….'

나무판자가 붙어 있었던 바닥이 왠지 안개가 낀 것처럼 흐릿해 보인다. 기분 탓인가 하고 눈을 가늘게 뜨고 여러 번 다시 보아도 바닥에 있어야 할 나무판이 또렷하게 보이지 않았다.

"……어떻게 된 거지?"

만지는 것이 무서웠다. 그래도 확인해야 한다.

'치사토.'

만에 하나라도 혼자 끌려가지 않도록 코요는 손을 뻗어 잠든 치사토의 손가락을 쥐었다. 절대로 떨어지지 않겠노라고 각오하고, 다시 한 번 나무 상자 쪽으로 몸을 돌렸다.

진정하기 위해 여러 번 호흡을 반복하면서 치사토를 잡고 있는 손에 힘을 담고, 코요는 신중하게 다른 손을 나무 상자 안에 넣었다.

"!"

'사라졌다……!'

상자의 바닥 근처까지 도달했을 때, 마치 어둠 속에 녹아드는 것처럼 손가락이 가려졌다.

'바닥이 없다?'

눈짐작으로 생각해도 아무리 봐도 크기에는 한계가 있을 텐데, 마치 바닥 모를 어둠에 스스로 뛰어 들어가는 것처럼 반응도 없이, 깊어서— 이대로 몸을 던지면 어떻게 될까, 그렇게 생각했을 때, 코요는 어울리지도 않게 등에 땀이 흘렀다.

"진정 이곳이었는가……."

치사토가 소중히 여기고 있는 이 창고가 정말 코요의 나라로 돌아갈 수단이었던 것이다.

이것을 치사토에게 말하면 분명 기뻐하리라 생각한다. 그러나 나의 세계는 이런 어둠의 저편에 있는 것일까.

"응……."

작은 소리를 흘리며 뒤척이는 치사토.

틀림없이 치사토는 아직 아무것도 모르고 있으리라. 코요는 그렇게 생각하면서 상자 바닥에 펼쳐진 암흑을 응시했다.

『하현(下弦)의 변화』끝

작가 후기

안녕하세요. chi-co입니다. 이번에는 『이연~하현(下弦)의 변화~』를 읽어주셔서 감사합니다.

5권째입니다. 마지막 종반에서 크게 장면은 바뀌어 이번에는 전체가 현대 이야기였습니다. 치사토에게는 염원의 귀환이지만 돌아와서 그 마음과 생각에도 또한 변화가 생겨났습니다.

삽화는 아사히코 선생님. 이번에는 정말이지 폐를 끼쳤는데도 예쁜 일러스트를 그려주셨습니다. 오랜만의 현대 사양의 치사토와 코요의 현대 버전도 기대하세요.

다음 권은 드디어 최종권……?(쓴웃음) 두 사람이 다 행복한 결말로 하고 싶으니 조금만 더 지켜봐 주세요.

홈페이지: 《your song》
http://chi-co.sakura.ne.jp/

chi-co

역자 후기

안녕하셔요.

손이 곱을 정도로 공기가 차가운데 작중에서는 반바지를 입고 나오는 것을 보니 괜히 더 추워지는 11월입니다.

이번에는 현대로 돌아온 두 사람의 이야기입니다.

슬슬 마음이 통할 것 같아서 다행이긴 한데, 저는 다른 부분이 더 신경 쓰였습니다.

그건 바로 치사토의 시력. 현대로 돌아와도 여전히 시력이 좋다니 부럽습니다!

만일 다른 세계에 갔다 오면 시력이 좋아진다는 보장이 있다면, 저도 꼭 가보고 싶습니다.

사실 얼마 전 면허를 갱신하러 갔는데 시력검사 결과가 아슬아슬했거든요. 새 안경을 산 지 한 달도 안 됐는데……. 아무리 밤을 새고 갔다고 해도 충격적이었습니다.

여러분은 평소에 눈 건강에 신경 쓰시나요?

안 쓴다면 지금부터라도 조심하시기를 바랍니다.

누구나 치사토처럼 천연 라식 수술 여행을 떠날 수는 없으니까요.

인단비

TL 로맨스 원고 공모

한국 TL을 선도해 나가는
AIN-FIN 메르헨-엘르 노블에서
뜨겁고 은밀한 사랑 이야기를 찾습니다.

장르 : TL 로맨스(현대, 판타지, 시대물 무관)
분량 : 200자 원고지 기준 700매 내외

보내주실 곳 : ainandfin@naver.com

채택되신 작품은 계약 후 교정 작업을 거쳐 정식 출간됩니다!

많은 참여 부탁드립니다.

이연
삭(朔)의 만남

"원래의 세계로 돌려보내지 않겠다.
너는 이제 나의 것이다."

chi-co 글 ㅣ 아사히코 그림
윤슬 옮김

여름방학에 할머니 집을 방문한 코미야 치사토는 커다란 창고에서 화려한 골동품이 가득 담긴 궤를 발견한다. 그 빼어난 아름다움에 매료된 치사토는 달콤하게 피어오르는 향기를 맡고, 갑자기 눈앞의 광경이 흔들리면서 궤 속으로 고꾸라지고 만다.
정신을 차려보니 헤이안 시대와 비슷한 옷을 입은 사람들이 북적거리는 곳. 게다가 치사토에게 아내가 되라고 강요하는, 오만한 천황이라는 존재가 나타나는데······?!

〈그와 그들의 은밀한 눈 맞춤〉 엘르노블

이연

섬(纖)의 제회(際會)

19세 미만 구독 불가

chi-co 글 ㅣ 아사히코 그림
윤슬 옮김

할머니 집 창고에서 헤이안 시대와 매우 흡사한 세계로 떨어진 치사토.
놀란 치사토 앞에 나타난 천황은 상상조차 못할 만큼 난폭하고 심술궂은
남자로, 싫어하는 치사토를 강제로 안아 아내로 만들고 만다. 아직 천황
에게 마음을 허락하지 않은 치사토는 저항을 거듭하며 어떻게든 원래 세
계로 돌아가려고 애쓰지만―?! 천황의 마음은 날이 갈수록 커져만 가고
치사토의 반발은 더욱 거세지는데……
화려한 헤이안 술래잡기 제2탄!!

〈그와 그들의 은밀한 눈 맞춤〉 엘르노블

한 걸음 앞으로
결벽증 졸업

chi-co 글 ㅣ 미즈카네 료 그림 ㅣ 김산우 옮김

시라이시 하루카는 어릴 때의 트라우마 때문에 중증 결벽증. 겨우 대학교 도서관에 취직하게 되었지만 사람이 많은 곳에는 갈 수 없어 버스를 타지 못하고 매일 두 시간 이상 걸어 통근하고 있었다. 그런 나날 중 대학생인 유우키가 매일 아침 함께하게 되었다. 인기인인 그가 자신에게 신경을 써주는 것이 신기할 뿐인 하루카였지만, 끊임없이 자신에게 다가와 주는 유우키에게 어느샌가 마음을 열게 되고, 그와의 키스도, 그다음도 경험하고 싶어져⋯⋯.

〈그와 그들의 은밀한 눈 맞춤〉 엘르노블